GOBOOKS
& SITAK
GROUP©

GOBOOKS
& SITAK
GROUP©

三日月書版

三日月書版

南柯奇譚
長夢君歸
墨竹——著
Beni——繪
三日月書版
BL033

# 南柯奇譚

NAN KE QI TAN

# 目錄

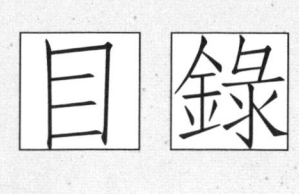

# 南柯奇譚

NAN KE QI TAN

## 第一章

火光在夜空裡燃燒，腳下是滿地白骨，他一個人衝進金壁輝煌的宮殿之中。

坐在金色龍椅上的皇帝，用怨毒的目光瞪著他，但他一點也不在乎。成王敗寇本是萬年不變的至理，而且他想要得到的一切，現在皆是唾手可得，失敗者的一點怨恨又算得了什麼？

「君離塵，這就是你想要的一切嗎？」皇帝的聲音冰冷，「你想要代替我坐在這個位子上，哪怕付出一切也在所不惜嗎？」

「不錯，我將會坐在那個位子上，整個天下都會臣服於我的腳下。」他用一種輕蔑而嘲諷的語調回答，「可是有一點你說錯了，我不需要付出任何東西，因為一切註定都會是我的。」

「你真的這麼以為嗎？」皇帝身上的明黃龍袍在火光裡閃耀著刺眼的光芒。

他沒有回答，而是拔出劍，一步一步走上了通往龍椅的臺階。

「你想殺我，是嗎？」皇帝問著可笑的問題，「你不會後悔，是嗎？」

「等你死了，我再回答你吧。」他站在龍椅前，俯視著皇帝，然後毫不手軟地對準心口一劍刺了下去，鮮紅的血霎時噴濺在他的身上。

「你輸了。」他對面容扭曲的皇帝露出笑容。

「是你輸了。」身後忽然傳來另一個聲音。

他猛地回過頭，一片爍爍明黃刺進了他的眼裡。

「你……」他不敢相信自己的眼睛，不明白為什麼明明已經被殺死的人會出現在自己身後。

「讓我們來猜猜看。」皇帝臉上露出他熟悉的笑容。「既然我還活著，那麼，你殺掉的人是誰呢？」

溫熱的指尖自他身後，碰觸到了他的臉龐。

「離塵……」那聲音，恍如一聲嘆息。

他認得那聲音，認得那溫度，每一分每一寸他都應該銘記於心，但是為什麼會……

身後的人貼近他，灼熱的液體在他頸後肆意流淌，瞬間讓他的心被灼燒得一陣疼痛。

「懷憂……」他不敢回頭，生怕回了頭之後，便是再也無法挽回的絕境。

「你別怕，你沒有傷到我，一點也沒有。」身後那人輕聲對他說道，「這不是你的錯，我從來都沒有怪你，所以你千萬不要責怪自己。」

「不，我傷到你了，都是我的錯，是我的……」他記得那些鮮血，是因為自己的緣故才會……

「不是，不要再折磨自己了。」那個人緊緊地摟住了他。「放過你自己吧，離塵。一切都結束了，都已經過去了。」

「不，還沒有結束。」他飛快地轉過身，「還來得及，我一定會找到……」

當看到那個人完完整整、毫髮無傷地站在自己身後，他後面的話卻再也說不出口。

「離塵，很多事都來不及了，也許這就是所謂命中註定。」那人往後退了一步。「所以忘記吧，忘記令你痛苦的一切，這一次，我們都應該放手了。」

「可是我要你。」他伸手一把抓住那人，用盡全身力氣將他摟進懷裡。

「你知道我可以什麼都不要，我只要你。」

「我知道，所以我才希望你能放手。離塵，我們的命運已經糾纏太過長久，何況……」懷裡的人半仰著頭，「離塵你看著我，你看清楚了嗎？站在你面前的這個人，究竟是什麼模樣？如果有一天，我不再是我，你還會認得我嗎？你愛的，究竟是誰呢？」

那張令他眷戀至深的面孔上，流露出一種古怪的表情。

平靜的，無奈的，帶著留戀卻又不得不捨棄的，如同已準備好的訣別。

「不！」他一身冷汗地從惡夢中驚醒。

沒有人回應他，空曠的房間在月光下一片清冷。

是在做夢……

這個已經很久很久沒有做過的夢，他原本以為再也不會做的夢。

他的手腳一片冰涼，但臉上那溫暖的觸感卻像是真真實實存在著一樣。

「懷憂……」他低下頭，及腰的黑髮披落到胸前。

風從窗外湧入，髮絲貼著他的臉龐飛揚，突然，頸後一片異樣的冰冷讓他一愣。

隨後他下床走出自己的房間，然後拉開了隔壁的那一扇房門。

床上的被褥有些凌亂，上面卻沒有人在，他轉過身，沿著迴廊一路匆忙地尋找著。

「懷憂。」在迴廊轉角，他看見了自己要找的人正朝向外面，像是在看些什麼。

那人還沒有反應過來，已經被他一把抱住。

「離塵？」那個人嚇了一跳，回過頭來問道，「你怎麼了？」

「懷憂，你去哪裡了？」他看著對方，有些抑制不住的慌張。

「我睡不著，想去書房找本書看看。」那人把手裡的書拿給他。

「你剛才……有沒有來過我的房間？」

「你的房間？沒有啊。」那人有些驚訝地說，「為什麼這麼問？」

「我以為你在我的房裡。」他放開手，摸了摸自己右耳後的頭髮，臉上露出迷茫的表情。「我感覺你就在我身邊，但醒來後卻沒有見到你。」

那人微笑著伸出手，想要碰觸他的頭髮。

他退了一步，自然而然地避開了。

這一閃避，讓兩人之間的氣氛頓時尷尬起來。

「我只是做了個夢。」他側過頭，有些不自然地說，「那我先回房了，你也早點睡吧。」

他的語氣有些冷淡。

這也是自從兩人相遇之後，他第一次用這種口氣對眼前的人說話。

「離塵。」

在他轉身的時候，那人開口喊他，他卻沒有回頭，就像根本沒聽到一樣。

黑色長髮和絲綢睡衣隨著腳步在身後飛揚，不過片刻，他的身影就已經消失在迴廊的盡頭。

這也是第一次。

他第一次背對著他離開，直到最後也沒有回頭。

「正彥。」被留在迴廊裡的人喊道。

「藤原先生。」話音剛落，陰影裡就走出來一個一身灰衣的男人。

「有看到人從他房裡出來嗎？」藤原俊美的臉上沒有了剛才那種溫和的笑容，眼神也從清澈轉變成深沉。

「沒有。」

「你確定？」

「是的。」灰衣男人回答，「我能保證。」

藤原回過頭，他看著自己剛剛走來的方向。

「不對勁。」藤原像是在自言自語，「很不對勁，太不對勁了。」

他推開房門，打開了燈。

這房間裡的一切，和平時沒有什麼不同。這時，他的眼角像是閃過了什麼光亮，讓他停下了環視的目光。

有一條細細的紅繩從床沿下顯露出來，和地板的顏色形成了巨大的反差。他彎腰撿起，在柔和的暖色燈光裡，看到紅繩另一端的白色玉石閃爍著晶瑩的光亮。

纏繞的花枝裡，刻著優美的古篆——

君莫離塵。

厲秋站在朱紅色的小橋上看著水面。

「秋。」

池塘裡，色彩斑斕的錦鯉在水面下悠閒地游動。

「秋？」

他看著自己在水中的倒影，看著自己一臉木然的神情。

「秋！」

直到被搖晃了幾下，他才像是驚醒過來。

轉過頭，他看見月川蝶擔憂的神情。

「赤蝶。」他發覺自己臉上的肌肉似乎有些僵硬，只能勉勉強強地扯動嘴角，「怎麼了？」

「你是不是哪裡不舒服？」月川蝶拉著他的手，被他冰冷的體溫嚇得臉色蒼白，「我找舒醫生過來好不好？」

「不，我很好。」厲秋被她像是帶著高溫的手掌握得很不舒服，輕輕地抽回了自己的手。「不用麻煩舒醫生了。」

「秋，我們出去走走好不好？」月川蝶帶著懇求的目光看著他。「到市區或郊外，隨便哪裡都可以。」

「出去走走？」厲秋皺起眉頭。「可是，他們不是不讓妳出門嗎？」

「沒關係的，我們只是出去散心。」月川蝶急切地說。

「那也好，我最近都出門呢。雖然這裡也很不錯……」厲秋笑著環顧四周，「今天晚上是夏至吧，大納言大人總是要在夏宴上跳他那可笑的……」

說到這裡，笑容突然之間僵在了他的臉上，而月川蝶只是呆呆地看著他。

「我說了什麼？」他清醒的目光開始混亂。「赤蝶，我剛剛在說什麼？」

「不，你什麼都沒說。」月川蝶飛快地回答。

「不是，我說了，我說的是……」他一手扶著欄杆，一手按住自己的額頭。

他能感覺到冷汗一點點地沁出自己的皮膚。

「不要想了，不要去想了。」月川蝶扶住他，讓他靠在自己的肩上，臉色卻比他還要難看許多，不斷機械地重複著這句話。

「赤蝶。」厲秋喊著她的名字，緊緊地抓著她的手臂，「我的頭……」

「怎麼了？」這時，厲秋身後傳來了一個聲音。

月川蝶一臉驚恐地抬起頭。

黑髮飛揚的人影站在朱紅色的橋頭，目光沉沉地看著他們兩個人。

月川蝶慌張地仰頭看著厲秋，而他並沒有回頭，只是輕聲地問了句：

「你是誰？」

「我姓君。」君先生回答道，「我叫君離塵。」

「秋……」月川蝶想要說話，卻被厲秋用力地抓住手腕。

「君……離塵。」厲秋閉上眼睛，「離塵……」

「秋！」月川蝶心煩意亂地想要抱住他。

他睜開眼睛，對月川蝶搖了搖頭。

月川蝶咬著牙，雙手緊緊地交握在胸前。

厲秋終於轉過身，暗淡的眼眸映出了那個衣袂飛揚的身影。

在聽到自己的名字從這個人口中被念出來的剎那，君離塵的心臟毫無來由地一陣緊縮。

聲音沒有半分相似，相比起來，這個人的聲音似乎更加低沉一些。可是當這個人喊出自己名字的時候，那種感覺幾乎讓他以為……然後，在這個人回頭的那一刻，他看見了那暗淡到沒有一絲生氣的眼神，和蒼白得沒有一分血色的臉龐。

他看著這個完全陌生的人，看著他一步一步向自己走了過來。

「離塵。」他聽見那個人輕柔的聲音，小心翼翼地喊著自己的名字。

一抹溫柔又飄忽的微笑在那個人的臉上綻放開來，等到他意識到的時候，他已經握住了那隻朝自己伸來的手。但是那手卻過分冰冷，完全不是他以為的溫熱柔軟。

「對不起，對不起，對不起……」這個人在他懷裡失去意識的前一刻，君離塵聽見了這樣反反覆覆又斷斷續續的道歉。

眼淚從緊閉的雙眼裡滑落，滑過蒼白的臉頰，落到君離塵的指尖上。

對不起，對不起，對不起，對不起，對不起……

隨著這反覆的呢喃，炙熱從指尖傳進了君離塵的身體，隱隱地炙痛了他的心。

溫熱的手，輕柔地為淺睡的她撩起了落在額前的碎髮。

她猛地醒了過來，從雙臂間抬起頭。

「赤蝶。」

在透過格窗的月光裡，她看見了厲秋溫柔的笑容。

「秋。」她連忙挺起身子。「你醒了嗎？」

「嗯。」厲秋靠在床頭，「妳怎麼睡在這裡？」

「我去找舒醫生過來。」月川蝶從床邊站了起來，就要往門外走去。

「不用了。」他在身後輕柔地說著。

月川蝶停下腳步，就這樣愣愣地站在原地，過了好一會她才回過頭。

她看見了厲秋的眼睛，那種清澈堅定的眼神。

「秋……」

「赤蝶。」厲秋對她說，「過來好嗎？」

她站在原地，無法動彈。

「謝謝妳，月川小姐。」厲秋微笑著，「謝謝妳還有當年的韓姑娘為我所做的一切。」

月川蝶只覺得腦中「轟」的一聲。

「你……」她腳下一軟，癱坐在地上。

「幸虧有妳，我才能活著。」厲秋低下頭，看著自己手腕上可怕的傷疤，「因為還活著，我才能……」

「對不起。」月川蝶捂住自己的臉，淚水順著她的指縫流淌出來。「對不起，對不起……」

「不要道歉。」厲秋看著她，依舊微笑著，「妳沒有錯，妳做得很好。應該道歉的是我才對。」

月川蝶看著他，臉上露出痛苦的神色。

「過來這邊好嗎？」厲秋朝她招了招手。

她走了過去，重新跪坐在床邊。

「妳們真的很像。」厲秋用手指拭去了她不停流下的淚水。「不過，我記得韓姑娘是個堅強的人，她從來沒有在我面前流過眼淚。」

「我可以叫妳蝶嗎？」厲秋問她，「總是叫赤蝶好像不太好。」

月川蝶點了點頭。

「真像南柯一夢啊。妳和我一起被困在這個讓人瘋狂的夢境裡，變成了現在這個樣子。」厲秋撫摸著自己手腕上疤痕。「不過，妳不需要再害怕了，我現在很清醒，我想以後也會一直保持著這種清醒。」

「厲先生……」

「還是叫我厲秋吧。」厲秋看著她，目光裡含著憐惜。

「我對你，我只是……」可是，那種憐惜絞痛了她的心。

「我能理解，真的。」厲秋緊閉了一下眼睛，然後睜開。「可是對不起，我真的不能接受。」

她用手捂住了自己的嘴，顫抖著吐出窒塞在胸腔裡的鬱氣。

「這裡沒什麼變化呢。」厲秋看向窗外的庭院，「沒想到經過了這麼多年，這裡卻幾乎沒有什麼改變。」

「厲秋，我們離開這裡好不好？」她看著厲秋，強忍著眼裡不停想要湧流出來的淚水。「你說過的，你是為了我來到這裡，也會和我一起離開。」

「不行啊。」厲秋收回目光，看著她驚慌哀求的表情。「妳知道的，我不能……」

「可以的，還來得及。」月川蝶拉住他的手，環抱到自己胸前，「我知道你不會娶我了，你不娶我也沒關係，只要你和我一起離開這裡……」

「不要再為我做任何事了。」厲秋收起笑容，把手抽了回來，「妳們為我做的，已經太多太多了。」

「真的不行嗎？真的不行嗎？」月川蝶喃喃地問他，「為什麼不能重新開始？為什麼我拚命想要讓你遠離這一切，可是最後我還是把你帶回這裡了呢？」

「韓姑娘對我說過，天命不能逆轉，所以這一切，都是命中註定吧。」

「那麼我去告訴他，讓我告訴他……」

「不行，妳不能說。」厲秋捧住她的臉，鄭重地對她說，「妳要答應我，妳不會向任何人透露半個字，絕對不行。」

# 南柯奇譚

NAN KE QI TAN

## 第二章

「為什麼？為什麼你還是和那個時候一樣，要做出這麼殘忍的決定呢？」月川蝶拚命地搖著頭。「我不能答應，我不能答應。」

「蝶，我求求妳，妳答應我好不好？」厲秋走下床鋪，跪到她的面前，「我已經浪費太多時間，我不能再等下去了。」

「可以的，說不定會有奇蹟……」

「蝶，不會再有奇蹟發生了，那麼微小的機會，我賭不起。」厲秋閉上眼睛，坐在地上。「也許我真的太優柔寡斷，也許我真的是個懦弱殘忍的人。可是沒關係，我不在意，我不在意自己最後會變成什麼樣子，因為命運早就為我安排好了一切。我唯一的願望，就是讓他能夠得到他想要的。當年他要的是皇權霸業，現在他要的……只有『君懷憂』。」

「可是你就是……」

「不，我不是。我是厲秋，也只是厲秋。」他摸著自己的臉龐，撫摸過自己的眉眼。「『君懷憂』現在就在他的身邊，那是命運贈與他的補償，他終於能夠和他愛著的人長相廝守。」

「不是的，那個人叫藤原駿，他不是君懷憂。他只是長得和君懷憂很像的人，他不是真的……」

「蝶，什麼是真？什麼是假？誰是誰？誰又不是誰？是醒著？還是仍在夢中？這些妳真的能夠分辨清楚嗎？」厲秋笑得苦澀。「也許在妳的心裡他不是真的，可是我就是真的嗎？妳應該明白，世上不會有這種巧合，他也許是因為我的存在才成為了『君懷憂』，我又何嘗不是為了讓他成為『君懷憂』而存在呢？」

「這不值得！」月川蝶盯著他，大聲辯駁，「沒有什麼事值得你這樣犧牲！」

「真的沒有嗎？那麼，妳們為我做的呢？為了我一個無理的請求，這個世上再也沒有預知過去和未來的能力。為了我，多少代韓家女性背負了如此沉重的祕密。還是為了我，妳親手傷害了妳的哥哥。我知道，是我讓妳們的心裡充滿了煩惱和內疚。」

「不是的，要不是因為韓赤蝶，要不是她隱瞞了……」

「她不是故意的，她一定是知道了什麼才會選擇沉默。她和妳一樣，是那麼善良的人，我對她說願意用一切和她交換的那一刻，我的心裡真的是甘願的。只是這一生，我是做不到了。」厲秋把她摟進懷裡，對她說，「她知道我是做不到的，可是她還是答應了我。妳也是啊，妳為我做了這麼多事，到最後也只是希望我能幸福地生活下去。蝶，這些我都知道。」

終於，埋首在他胸前的月川蝶忍不住痛哭失聲。

「夠了，妳們為我做的已經足夠了。」厲秋輕柔地摸著她的頭髮，安慰著她，「從現在開始，不要再為我做任何事，我已經不再是妳生命裡不可逃避的責任。」

「為什麼？為什麼會這樣呢？」月川蝶哭泣著問。

「不為什麼。」厲秋空洞地說，「只是上天和我開了一個劣拙的玩笑，它說，沒有什麼是不可能的，也沒有什麼是可能的。失去了再得到，轉眼之間又要失去。所有的一切，終究會化為烏有……」

他們進行了一場談話，月川蝶的情緒看起來十分激動。最後，月川蝶哭倒在那個人的懷裡。那個人摸著月川蝶的頭髮，低頭安慰著她。

「厲秋……」君離塵遠遠地看著，念著這個陌生的名字。

雖然聽不見他們說了什麼，但他幾乎能夠想像得到，他對月川蝶微笑時的模樣。那真的，十分陌生。

厲秋坐在迴廊上的椅子上，漠然地看著眼前安靜的風景。

「厲先生。」

他回過頭，看見了君懷憂。

這張臉，就像當年的君懷憂年輕了十歲的模樣，眉眼、輪廓，甚至是笑容，以這種方式看見這張臉，讓厲秋非常不習慣。

「藤原先生。」他朝藤原駿點了點頭，「早安。」

「聽說厲先生身體不舒服，有好一點了嗎？」

「我很好。」厲秋生疏地說著。

他還是沒辦法平和地面對這張臉，面對這個人。哪怕他已經作出了決定，可是只要一看見這個人，一想到這個人才是會陪伴離塵一生的人……他的心，就像是被千萬根針戳刺著。他多麼希望能夠說出當年沒來得及說出口的話，可是他不能。除了沉默，他什麼都不能。

「厲先生，你怎麼了？」藤原駿看著他有些怪異的神情，驚訝地問，「我打擾到你了嗎？」

「不，沒什麼，請坐吧。」厲秋低下頭，避開藤原駿帶著探究的目光。

藤原駿在他身邊的椅子上坐下。

「最近這個家裡還真是發生了很大的改變呢。」藤原駿看著眼前這張蒼白消瘦的臉。「厲先生也覺得很奇怪吧。」

「還好。」厲秋握著自己的手腕，似乎是不經意地問，「藤原先生在這裡住很久了嗎？」

「不是的，三年前我才搬進來。」藤原駿笑著，「居然會住在赫赫有名的月川家，我到現在還是不太習慣，感覺像做夢一樣。」

「做夢一樣……」厲秋看著他。

「要不是離塵他……啊，你見過離塵了吧。」

厲秋輕輕點了點頭。

「你大概想像不出來，我以前並不是什麼厲害的人。」藤原駿的笑容裡多了些自嘲，「我沒有出生在有錢人家，也沒有多高的學歷，就是一個沒出息的小混混罷了。那個時候，我做夢也沒有想到自己可以過上這種隨心所欲、不需要為明天擔憂的日子。這一切都因為我遇上了離塵。」

厲秋沉默著，他端起了一旁矮桌上的茶杯，試圖溫熱冰冷的手心。

「厲先生，你相信前世今生嗎？」

厲秋搖了搖頭。

「我本來也是不相信的，可是現在……」藤原駿和他一起看著眼前安靜的庭院，「我還記得他第一次見到我的樣子，他說我是他前世的戀人，可他最後卻痛苦地失去了我，他並沒有詳細敘述，應該是不願意想起那些傷心的往事，我卻能體會到他失去愛人時的那種痛苦。」

「就算是前世，那些都過去了。」厲秋看著杯子裡的茶水，平靜地說。

「據說在找到我之前，他的意識和精神一直處在非常不穩定的狀態。我剛開始也很害怕，以為遇上了瘋子，可是漸漸地……」藤原駿深吸了一口氣，「雖然聽起來非常荒誕，但是他真的讓人無法拒絕，而且我開始對他描述的事情有了熟悉的感覺，開始覺得自己就是他愛著的那個人……」

說到這裡，藤原駿突然聽到了異樣的聲音，側過頭看著厲秋。

玻璃碎片深深地扎進了厲秋的手掌，看上去一片鮮血淋漓。

「厲先生？」藤原駿嚇了一跳。

「你為什麼要和我這個不相干的人說這些？」厲秋像是絲毫不覺得疼痛，把被捏碎的杯子放回桌上。

「你沒事嗎？」藤原駿站了起來，「我去找人過來，你等一下。」

「不用了，我沒什麼事。」厲秋直視著他的眼睛，鍥而不捨地追問，「你為什麼會來找我？」

「因為這兩天我覺得很不安……」藤原駿重新坐了下來，俊美的臉上神情沉重。「我知道我太魯莽了，可也不知道為什麼，一看見你我就覺得可以告訴你任何事情。」

「你為什麼會覺得不安？」厲秋看著那些扎進掌心的玻璃碎片，然後一片一片地從肉裡拔了出來。

「離塵他有些不對勁，我也不知道該怎麼說……」藤原駿看他不為所動地做著這種看起來就非常痛的動作，心裡突然有寒氣冒了上來。「他這兩天好像心事重重，我和他說話的時候，他的神情還有問的問題都很奇怪，我看見他這兩天總對著一塊玉發呆……啊，厲先生，你怎麼了？」

厲秋反射性地摸著自己的脖子，白色的衣領立刻變得血跡斑斑。

「我還是去找人過來吧。」藤原駿後退兩步，有點被他嚇到了。

「等一下。」厲秋一把拉住他的手腕，「你還沒說完，他到底問了你什麼奇怪的問題？」

「你在流血。」藤原駿看著他一直在流淌出鮮血的手。「還是先處理一下……」

「他到底問了什麼？」厲秋看著他，追問道。

「他問我是不是半夜去過他的房間，還問我第一次看到他的時候，有沒有覺得很熟悉……」

「秋。」

走廊的那頭，月川蝶正朝他們跑過來。

「你的手怎麼流血了？」月川蝶握住他的手，看見那些大大小小交錯的傷口，忍不住倒吸了一口冷氣。

「我沒事。」厲秋放開了藤原駿。「只是不小心被杯子劃破了。」

「你來這裡做什麼？」月川蝶疑惑地看著藤原駿，不友善地問，「誰允許你來這裡的？你做了什麼？」

「蝶，別這樣，藤原先生只是和我聊聊天。」

「只是聊天就讓你這樣了，要是……」

「蝶。」厲秋提高聲音打斷她。

月川蝶沒有再說什麼，轉身走進房間。

「那我先走了。」藤原駿覺得有些尷尬。

「藤原先生，你愛他嗎？你是不是愛著他？」在他轉身準備離開的時候，厲秋的聲音在他背後響起。

「從我出生開始，從來沒有一個人像他對我這樣珍惜，把我當成最重要的人。我想，沒有人能夠對這樣的感情無動於衷……」

「如果你覺得痛苦，為什麼一定要用傷害自己來表達呢？」月川蝶的聲音幽幽響起。

厲秋收回目光，看著自己傷痕累累的手心。月川蝶嘆了口氣，跪坐到他的面前，打開醫療箱為他清理傷口。

他像是一點也感覺不到酒精碰到傷口時的刺痛，麻木地看著月川蝶略微粗魯的動作。

「你想折磨自己到什麼時候？」月川蝶低著頭，「難道真的要到無法挽回的時候……」

「已經無法挽回了。」厲秋的聲音那麼平靜，「從來沒有什麼可以挽回。」

月川蝶的眼淚又一點一點滴落下來。

「不要哭了，妳不是很喜歡笑嗎？最近怎麼像是用水做的一樣，一直在我面前流眼淚？」

「我笑不出來，我怎麼笑得出來呢？」月川蝶擦掉淚水，為他綁好繃帶，「你為什麼能夠忍住……」

「因為我哭不出來，我也不知道為什麼。」厲秋捂住自己的胸口，「我想哭，偏偏哭不出來。也許在三年前，我就已經把這輩子的眼淚都流完了。到了應該哭的時候，就沒有眼淚了……」

「不是的，你只是……」

「以前的我恐怕想不到，像我這樣的人有一天會為了情愛如此瘋狂。」厲秋慘然一笑，「不但精神錯亂，甚至還做了自己向來不屑的蠢事，只因為我以為他死了……」

月川蝶的眼裡，映出了厲秋手腕上那些可怕的傷口。

「不能說是情愛，他對於我來說，不知不覺已經變成我的一部分。只有我死了，才能擺脫那種日日夜夜抽離骨血的痛苦。」

「秋，你不要這樣。」

「我又能怎麼樣呢？」厲秋看著她低垂的頭，柔和地說，「這是命運的懲罰，我傷害他的、虧欠他的，最終還是要我自己來彌補。可是妳不一樣，妳沒有做錯任何事，所以不要再沉浸在我的夢裡了，更不要再把自己當成韓赤蝶，我們都很清楚，妳是月川蝶，也只是月川蝶。」

「從懂事開始，我把那本手札看過了無數遍，包括每一處細節，包括她對你的思慕。那種完全沒有希望的思慕，已經融到了我的骨血之中。我知道我是為了幫她找到你，才被生下來的，你是我這一生一定要找到的那個人，那不只是為了我自己，更是為了韓赤蝶。」她把頭枕在厲秋的膝蓋上。「可是當我找到了你，才真正明白她為什麼會對只見過兩次的你念念不忘。我知道我不應該那麼做的，我只是希望能夠和你在一起，哪怕……

哪怕只是暫時的。」

「對不起，讓妳這麼辛苦。」厲秋有些心痛地看著她。「可是該醒過來了，蝶。」

「你要走了嗎？」月川蝶閉上眼睛。「你還是要離開這裡了，對不對？」

「那天晚上我無意識地跑去他的房間，還被他撿到了那塊玉，恐怕他的心裡已經開始懷疑了。我很瞭解他，要是我繼續留下來，很快就會被他發現。」厲秋說，「我也害怕自己的情不自禁會露出馬腳，所以還是快點離開比較好。」

「一定要走嗎？」

「嗯。」厲秋應了一聲，「我該走了。」

# 南柯奇譚

NAN KE QI TAN

## 第三章

「你要走了？」

「是的。」厲秋點了點頭。「月川先生的病情一直膠著，看來短時間內不會有什麼起色。說實話，我留在這裡也幫不上什麼忙，離開應該也沒什麼影響。」

「蝶小姐也一起嗎？」為自己倒了一杯紅酒的舒煜在吧檯邊插嘴。

「不，蝶會留下來。」厲秋看了看安安靜靜、端坐在他身邊的月川蝶。

「直到月川先生好轉為止。」

接下來，客廳裡一片靜默。

君離塵沒有說話，藤原駿欲言又止，舒煜左看右看，月川蝶端坐不動。

「如果沒有什麼問題的話，我明天一早就動身離開。」厲秋笑了笑，

「謝謝大家這麼多天的照顧。」

「你的手怎麼了？」君離塵開口了，卻是問毫不相關的問題。

「只是不小心被杯子劃破。」厲秋把包著繃帶的手往身側移動，用衣

服遮掩起來。

「你好像一直不太小心。」

厲秋微微地點了點頭。

「厲先生，後天再走吧。明天和我去醫院檢查一下身體。」舒煜好心地建議，「你一直失眠對身體的負擔很重啊。」

「不用了，下次吧。」厲秋搖頭拒絕，「我已經打電話給公司，後天就要回去工作了。」

「還是……」

「不用了。」月川蝶打斷了舒煜的勸說，「秋的身體很好，不用檢查。」

舒煜只能扯扯嘴角不再說話。

「那麼就不打擾各位，我回去整理東西了。」厲秋站了起來。

月川蝶也跟著他站了起來。

「你認識這個東西嗎？」對面的君離塵突然朝他攤開了手掌。

那隻掌心裡，躺著一塊白色玉石。

舒煜沒什麼反應，覺得有些莫名其妙，而藤原駿一臉愕然地盯著君離塵莫測高深的表情，月川蝶的臉上閃過明顯的驚慌，緊張地看著身邊的厲秋。

「這是……」厲秋看起來有點驚訝，在仔細認真地看過以後，他搖了搖頭，「很抱歉，我沒什麼印象。」

「是嗎？」

「蝶，妳見過嗎？」厲秋轉過頭，問著月川蝶。

意識到君離塵的目光轉移到自己臉上，月川蝶連忙收起失態的表情。

「沒有。」她也搖頭，「君先生為什麼這麼問呢？」

「沒什麼。」君離塵收攏手掌，不再多說。

厲秋點了點頭，和月川蝶一起走出客廳。

「離塵。」藤原駿猶豫地問，「這塊玉和厲先生有什麼關係嗎？」

「不，沒什麼。」君離塵握緊手掌，站了起來。

「你……」在藤原駿還沒有問完的時候，君離塵已經走到門邊。

他在門邊停了下來。

「離塵。」緊跟在他身後的藤原駿輕聲喊著他的名字。

他無意識地哼了一聲，目光卻跟著月川蝶和厲秋的背影，直到他們走遠。

舒煜靠在吧檯上，依舊悠閒地喝著紅酒，露出了富有興趣的表情。

明天就要離開了，最後還是要離開。

他靜靜地站在君離塵的床前，看著月光照射在君離塵並不安穩的睡臉上。

「離塵……」他用只有自己能聽見的聲音低低囈語，俯下身輕輕碰觸著君離塵烏黑的長髮，「我還以為，永遠也不會有這一天的。」

本以為早已乾涸的淚水滑落臉頰，滴落在君離塵的髮間。

「離塵，我知道你沒有忘記我，我也沒有把你忘記，可是……」從再見的第一眼開始，他塵封的記憶就開始甦醒，因為他的靈魂沒辦法把這個人完全遺忘。「你所記得的君懷憂已經死了，在很久很久以前，在皇城裡他服下毒酒。所有的一切，本來就應該在那個時候就結束了。」

他在半空中描摹著君離塵的眉宇，想要撫平那深深的褶皺卻又怕驚醒對方，懸空的指尖微微地顫抖著。

他哪裡捨得？哪裡能夠放下？

「對不起離塵，我說了謊，當年我並不是那麼想的，那一杯也不是毒酒。我只是……我以為自己能夠安排好一切，你知道我已經受到懲罰了，所以你原諒我好不好？」

他把頭埋在君離塵的髮間，無聲地慟哭著。

我有多少無法入眠的夜晚，只因為害怕在夢裡見到說著恨我的你。

我總是追問自己，記憶裡的一切，真的曾經發生過嗎？

每一天伊始，我會覺得那些只是一場遙遠的夢；可每當夜晚降臨，那一句句話語，一幕幕場景，甚至是刻在骨髓裡的痛楚，就會開始侵蝕我，讓我再也分不清是真是幻。

於是我只能告訴自己，我已經瘋了，疾病的折磨令我瘋狂。是我虛構了你這樣的人物，虛構了自己一切的痛苦，作為尋找死亡的藉口。哪怕我心裡明白，那是一個多麼可笑的謊話。

我總是覺得自己應該死去，跟隨著上京城裡燃燒的火焰，跟隨著你一起埋葬在時間的盡頭。我以為你不在了，我以為我已經失去你了。可是誰能想到，上天卻沒有打算放過我這顆好不容易粉飾太平、千瘡百孔的心。

我曾經以為，只有時間是不可逾越的距離，沒想到最終阻隔了我們的，卻是近在咫尺，卻不能訴說的愛意。在決定沉默的那一刻起，我就開始一刀一刀切割著自己的靈魂。

為什麼你這麼殘忍，讓我看著你如此珍惜地愛著另一個人？為什麼那個人這麼輕易地就能得到本該屬於我的一切？他怎麼能殘忍地把你奪走？為什麼他居然能說，他是你深愛的那個人？為什麼我不能反駁，還要強迫自己平靜接受？

我是多麼怨恨這令人瘋狂的命運，怨恨這失而復得、得而復失的惡意玩笑。我多麼希望有一天，我還能靠在你身邊，問你天上的星宿；我多麼希望有一天，我還能躺在你的膝上，閉上眼睛沉沉地睡去，哪怕只是這樣守在你的身邊。

所以，原諒我好不好？就看在，我將要真正地、永遠地失去你的分上……

他緊緊貼著君離塵的長髮，無聲地嗚咽著。直到溫熱的手掌碰觸到他的臉頰，他才猛然清醒過來。

他抬起頭，看見君離塵睜開的雙眼，心裡頓時一陣心慌。明明點燃了足量的香料，君離塵也沒有服用中和的藥物，怎麼可能會在天亮之前醒過來？

「你……」君離塵吃力地說。

厲秋這才發現他的目光中沒有焦距，明顯還未徹底清醒，於是連忙站起來準備離開。

「懷憂……」君離塵用手肘撐起自己的身體，朝眼前模糊的身影喊道。

他立刻僵住了，指甲緊緊地掐進手心，讓雪白的繃帶上滲出了新的血跡。

「不要走……」君離塵想站起來，卻發現自己四肢綿軟無力，「不要……」

他緊咬牙根，直到牙齦流出了鮮血。

君離塵用盡全身的力氣，也只能從床上摔了下來。厲秋聽見摔倒的聲音想回頭攙扶，卻只能硬忍下來。

「懷憂……」君離塵拚命想要撐起身體，卻發現怎麼也無法做到，只能竭盡全力喊道，「你敢……」

聽到君離塵聲色俱厲卻十分微弱的叫喊，厲秋猛然驚醒過來。

君離塵只看見那模糊的背影絲毫不理會自己的警告，直直走到門邊然後平空消失。他一時急怒攻心，眼前一黑昏了過去。

天還沒亮，厲秋沒有驚動任何人，拿著行李想要悄悄離開。走到大門的時候，他看見了站在門邊笑容燦爛的舒煜。

厲秋目光一沉。

他是臨時決定提早離開，連機票也是剛剛才打電話更換航班，舒煜當然不可能會知道。但舒煜看起來就像知道他什麼時候要走一般，專程在這裡等著他。

「舒醫生，這麼早就起來了？」他停了下來，禮貌地和舒煜打招呼。

「厲先生不是更早？」舒煜走了過來。「怎麼這麼早就要走了？我還以為是中午的飛機呢。」

「臨時決定的。」厲秋突然覺得平時溫和無害的舒煜，這時候居然有一股危險的味道。「我已經改好航班，三個小時後就要登機了。」

「是嗎？」舒煜撇了撇嘴。「這麼急，連再見都不說？」

「大家還在睡，我想還是算了。」他敷衍地說。

「其實，我這個人有一個奇怪的嗜好。」舒煜突然地說道。

厲秋愣了一下，看著他。

「我這個人的好奇心十分旺盛。如果被什麼謎團困住的話，哪怕不吃飯不睡覺，也要把它搞清楚。」

「是嗎？」厲秋微微皺起眉頭，有些防備。

「是啊，就像厲先生，你給我的感覺就像一個很大的謎團，你是我見過的，最神祕也隱藏了最多祕密的人。」舒煜摸著光滑的下巴。「說實話，我好奇得都快死掉了。」

「神祕？祕密？」厲秋笑了笑，「舒醫生這是在開玩笑吧，我這麼普通的人，怎麼會有什麼祕密？」

「但我就覺得在你身上，一定藏著什麼重大的祕密才對。」舒煜挑起眉毛，笑得有些邪氣。「而且這些祕密和這個地方有著千絲萬縷的聯繫，對嗎？」

「我聽不懂舒醫生在說些什麼。」厲秋看了一下手表。「我還要趕去機場，如果你不介意的話，下次有機會見面，我再好好跟你聊一聊。」

「你晚上失眠，總是一個人在花園裡閒晃，可是轉眼間便會消失不見，然後又突然在完全不同的地方出現，這不是很神祕嗎？」舒煜側著頭，淺色的頭髮和略圓的臉蛋讓他看起來像一個提問的學生，一點也不像在刺探別人的隱私。「還有，你接受過非常複雜的深度催眠，你自己知不知道？」

「這些和舒醫生沒關係吧。」厲秋淡淡地回答。

「只是我的職業病而已。」舒煜聳了聳肩，「這種治療很少人會使用，因為失敗可能會引起嚴重的後果。用反覆暗示影響病人的記憶和觀念，通常需要這種治療的……」

「一般是精神分裂症的患者，或有嚴重自殺傾向的人。」厲秋替他說完，「那麼，舒醫生覺得我是屬於哪一種類型呢？」

「你應該有很嚴重的自殺傾向吧。」舒煜的目光移到他左手手腕的位置。

「既然你猜到了，我也沒什麼好隱瞞的。」厲秋拉起衣袖，露出手腕上可怕的傷口。「是，我曾經有很嚴重的精神分裂和自殺傾向，這些不是車禍受的傷，而是我不斷割腕自殺留下來的。不過我運氣很好，總是能在最後一刻死裡逃生。」

「原來你自己都知道？」舒煜有些驚訝地問，「自我認知清楚又足夠冷靜的病患很少見，不知道你的主治醫生用了什麼暗示，才會有這種效果？」

「舒醫生是不是覺得我精神有問題，所以想要確認一下我有沒有危險？」厲秋垂下眼簾，「現在你是決定讓我離開，還是找人來制伏我呢？」

「啊，你誤會了，我從來沒有覺得你很危險。」舒煜笑著說，「我真的只是好奇。我來過這裡很多次了，也常常被這種複雜的建築結構搞得暈頭轉向。而你明明是第一次來到這裡，卻對這個地方十分熟悉。還有，你對君先生身邊的『懷憂』看似毫無興趣，其實非常注意他。我想，對一個陌生人來說，你的行為實在太奇怪了。」

「我和你不一樣，我不是一個愛管閒事的人。」厲秋皺起眉頭。「我再說一遍，不論是君離塵或君懷憂，我的確和他們素不相識。你要怎麼想是你的事，但最好不要擅自揣測我的想法。如果是那樣的話，你不如把我當成一個精神病患。」

說完，他繞過舒煜，朝大門走去。

「原來『懷憂』姓君啊。」

厲秋的腳步停了下來。

「居然和君先生同一個姓氏，還真是挺少見的。」舒煜在他身後笑吟吟地說著，「我一直都不知道，這棟房子裡恐怕也沒幾個人知道，至於君先生知不知道……」

「你到底想說什麼？」他回過頭，看著舒煜人畜無害的笑容，「你想要從我這裡得到什麼？」

「我說了，我只是純粹好奇而已。」舒煜彎了彎嘴角，「只要滿足我的好奇心，我就滿意了。」

「那你究竟在好奇什麼？」

「你知道君先生和『君懷憂』之間的事，是嗎？」

厲秋看著他，許久，才僵硬地點了點頭。

「這讓我更好奇了，你要知道，這位太上皇的來歷是整個月川家最大的祕密。」舒煜走到他面前，一臉抑止不住的好奇。「我能問，你究竟和他們有什麼關係嗎？」

「你認為有什麼關係？」厲秋有些焦躁，想著這個人已經知道了什麼，又能猜出多少？

「這才是一直困擾我的地方，雖然我肯定你知道，或者說認識君先生這個人。可是君先生好像對你完全陌生，在這段時間之前，他根本不認識也不知道你的存在。」舒煜露出煩惱的表情。「我本來猜想，你也許是透過其他方式，或是從蝶小姐那裡得知的。不過這好像也說不通，據我所知，君先生出現的時候，蝶小姐已經離家有一段時間了，這中間也沒有和家裡聯繫。」

「這和蝶沒有關係。」

「也不能說完全無關吧。」舒煜提醒他，「我記得蝶小姐在醫院裡，曾經強烈地阻止你來到月川家。還有，她第一次去見君先生的時候我也在場，我覺得她的反應很奇怪。她害怕君先生，雖然君先生的確很可怕，不過不至於令她如此恐懼。而她看見藤原先生的時候，表情就更加精彩了。藤原先生的外表確實非常不錯，但那顯然不是主要原因。她是聽到君先生喊『懷憂』的時候，才有了那種表情。就和你第一次看見藤原先生的時候一樣，非常地、非常地微妙。」

# 南柯奇譚

NAN KE QI TAN

## 第四章

這麼說，舒煜一直觀察著所有的事情？

他到底有什麼目的？

「原來那天晚上你也在場。」厲秋努力把話說得平穩。

「我最近也有點失眠，只是出來散步碰巧看到的，大家都太專心了，可能沒有注意到我。」舒煜抓了抓頭髮。「不過我可以斷言，蝶小姐知道的事並不是很多，至少你認識『懷憂』，而蝶小姐只是知道有這個人罷了。」

「你真的很有天分。」厲秋冷冷地說，「不去寫推理小說太浪費了。」

「還有一點就是……」舒煜不在意他的諷刺。「那塊玉，應該是你遺失的吧。」

厲秋目光一凜：「你說什麼？」

「你在醫院裡陪著蝶小姐的時候，我就注意到了，你的脖子最近受過傷，有一道淺淺的勒痕。然後我發現，勒痕是你脖子上的紅繩造成的，那種紅繩的編織方法很特別，君先生把玉拿出來時候，我一眼就認出來了。

雖然我沒有在你身上看到過那塊玉，不過我猜那塊玉就是你遺失的。」舒煜越說越起勁，像是故意讓厲秋的臉色變得更難看。「君先生會問那樣的問題，一定有他的理由。你否認那是你的，也一定是為了掩飾什麼。應該說，那塊玉可能掉在了不應該出現的地方。」

「那也不能代表什麼。」厲秋笑了出來，「說到現在，你一直在說毫無根據的猜測。所以，你的結論是什麼？」

「線索太少，我猜不出來。不過，我希望你不要急著離開。」

「所以，是要我留在這裡繼續陪你玩偵探遊戲？」

「我是想說，你現在想走恐怕為時已晚了。」舒煜露出了狡猾的笑容。

厲秋看了看手表，說：「還來得及。」

舒煜沒有回答，只是笑著，而厲秋卻皺起了眉頭。

一陣急促的腳步從他們身後傳來。

「對不起，厲先生。」一群身穿黑色西裝的人在他身後停了下來，「君先生吩咐，從現在開始，任何人都不能離開月川家。」

「我要趕飛機，這件事君先生也知道的。」厲秋不動聲色。

「很抱歉，您只能更改行程了。」為首的那人對他說完，立刻轉頭看著舒煜。「舒醫生，麻煩你跟我去看一下君先生。」

「怎麼了？」

話一問出口，那些人便因他急促的語氣而露出驚訝。厲秋意識到自己的失態，他皺著眉頭，有些懊惱。

舒煜看著厲秋，眼睛裡充滿興味。

剛剛還試圖撇清關係，現在居然這麼著急，這不是不打自招嗎？

「他怎麼了？」舒煜不動聲色地又重新問了一遍。

「君先生受傷了，麻煩你去看一下。」

「受傷？」他看了厲秋一眼，發現對方同樣一臉驚訝。

「是的。」

「好，我馬上過去。」走了兩步，舒煜突然停了下來，回過頭說，「厲先生，你和我一起去吧。」

厲秋張開嘴，拒絕的話到嘴邊還是沒說出來，他深吸了一口氣，勉強地點了點頭。

等他站在門外，幾乎不相信自己眼睛。

房間內一片狼藉，彷彿剛剛結束了一場戰爭，所有的東西都被摔得七零八落，間中還夾雜著斑斑血跡。

君離塵坐在一張明顯從其他地方搬來的沙發上，藤原駿就站在他的身邊。

舒煜快步走過去，替他處理腿上的傷口。

很快，一把沾滿鮮血的匕首被丟在地上，當君離塵低沉的悶哼在耳邊響起，厲秋立刻捂住了自己的嘴。

鮮血早已染紅了雪白的沙發，甚至在君離塵腳邊形成一片濃稠的暗色。那暗紅的顏色刺痛了厲秋的眼睛，察覺到眼眶裡將落的淚水，他轉過頭死死地忍著。

君離塵的臉色因失血而有些蒼白，但他的神情卻十分可怕，連站在他身邊的藤原駿也一臉惶恐，顯然沒見過君離塵如此暴怒。

「您這是在做什麼？」舒煜促狹的聲音說，「太過無聊，拿刀戳自己嗎？」

「你有聞到什麼味道嗎？」君離塵問他，語氣平穩。

「啊？」舒煜一邊熟練地纏著繃帶，一邊留意四周，「嗯，有一種奇怪的香味。」

「是什麼？」

「香水吧。」舒煜回答，看見君離塵的臉色沉了下來，他急忙改口，「也可能是一種香料。古代祭祀的時候，神官會加一點在香爐裡面，有安定心神的作用，如果加多了就會讓人昏睡不醒。」

「昏睡？」

「是的，用量少的話很安全。」舒煜提供專業的意見，「不過這種香料的配方很複雜，以前只流傳在神官之間，就算是現在，知道的人也應該不多。」

說完，他低下頭繼續包紮，並看似不經意地用眼角掃了一下門邊，君離塵這時終於注意到僵直地站在那裡的厲秋。

「你……」君離塵瞇起眼睛。

「我……」厲秋低下頭，回避著他的視線，「我本來要離開了，可是被攔了下來。」

「你過來。」君離塵對他說。

他愕然地抬起頭，驚訝地看著君離塵。

「我叫你過來。」君離塵冷冷地重複。

厲秋看見了他眼裡的堅持，放下手上的行李慢慢走了過去。走到離他還有幾步的地方，厲秋停了下來。

「君先生……」厲秋的話還沒說完，君離塵就伸出手猛地把他拉了過去。他一時沒站穩，徑直被拉到君離塵的懷中。

君離塵把臉湊近他的頸邊。在君離塵做這個動作的時候，厲秋的心跳幾乎快停止了。

直到君離塵鬆手放開他之前，他完全不敢呼吸。

等君離塵完全放開手後，他無力地滑坐到地上，等回過神抬起頭，卻看見藤原駿驟然大變的臉色。

「離塵。」藤原駿臉色蒼白地問，「這是……」

「沒什麼。」君離塵的眼裡閃過一絲失望。「我只是想知道，他的身上有沒有什麼味道而已。」

厲秋立刻明白了君離塵的用意，他是想聞一聞自己身上有沒有染上香料的味道。

幸好剛才他洗過澡了。他低下頭，卻看見君離塵腳下的血跡。一股翻騰的感覺湧了上來，他忍了一會，終於還是轉過頭嘔吐起來。空虛的胃部，只能讓他吐出些許膽汁。

「你怎麼了？」舒煜跟了過來，一把抓住因為四肢無力差點倒下的他。

「我……」他顫抖著抬手擦了擦嘴角，「怕血……」

眼角看見舒煜手上的鮮血，他的胃又一陣緊縮，連忙從口袋裡找出藥品，仰頭吞了下去。閉著眼睛等了一會，直到那種嘔吐感完全消失。他睜開眼睛，發現所有人都在盯著自己。

厲秋試著站了起來，搖晃了兩下，還好舒煜一直扶著他，才沒有跌倒。

「對不起。」他臉色慘白，看起來比受傷的君離塵還要虛弱。

「你沒事吧？」舒煜若有所思地看著他，「你還是回房間休息一下。」

他點了點頭。

「等一下。」君離塵突然開口，「昨天半夜，你在哪裡？」

「我在自己的房間睡覺。」

「是嗎？」君離塵的目光銳利地盯著他的每一個反應。

「是的。」有人突然開口，「我可以證明。」

說話的人，是不知道什麼時候站在門口的月川蝶。她走了進來，從舒煜手上接過厲秋。

「因為他今天一大早就要走了，所以我們昨晚一直待在一起，直到他離開。」月川蝶淡定地和君離塵對視。

君離塵動了動嘴唇，不知道自己的心臟為什麼會一陣緊縮。

他們一直在一起……

「夠了，都給我滾出去。」君離塵突然沉下聲音。

「那麼我們先走了。」月川蝶扶住厲秋往外走去。

「好了，注意不要碰水。」舒煜拍拍手，露出大功告成的笑容。「我就不打擾你了。」

「對了，」走出門的時候，舒煜回過頭，別有深意地笑了，「君先生，原來還真的有『一葉障目』啊。」

也沒等君離塵開口，他便轉身離開。

君離塵若有所思地皺起眉頭。

「離塵。」在他身邊站著，一直沒有出聲的藤原駿這時開了口。

「你還沒出去？」君離塵沒有回頭看他，「你出去吧，我想一個人靜一靜。」

「離塵。」藤原駿走到他的面前半蹲下來，「你怎麼了？這兩天……」

君離塵看著眼前這張臉。

清雅俊美，是他心中一直眷戀著的容顏，和從前一模一樣，沒有改變。

但為什麼經過了這麼多年，還是一點變化都沒有？自己沒有改變，是因為「離恨天香」的緣故，可是懷憂他……

「出去。」他雙眉一斂，語氣間帶著不耐煩。

藤原駿被他嚴厲的聲音嚇了一跳。

「我心情不好。」看到那張臉上露出了畏懼的神情，君離塵心裡有些後悔。「算了，你暫時不要管我，讓我自己待一會。」

藤原駿看著他，知道不應該再多說什麼，只能一步三回頭地走了出去。

君離塵站了起來，傷口的痛楚傳到了他的腦中，他卻連眉頭都沒有皺一下，只是看著室內一片狼藉，緩步走回床邊，然後把目光移向了對面的那道牆壁。

他對著那面已經空無一物的白牆，仔仔細細地看著。和迷香沒有關係，他知道昨晚有人來過這個房間，他清清楚楚地知道，有人來過。

可是，那個人是怎麼進來的？

他知道房間裡有一條祕道通往屋外，是當年那個狡猾的傢伙挖的。可是那條祕道在他的床底下，不可能有人從那裡出來。

他看向窗外，回想著月川蝶扶著厲秋離去時的樣子。

那個背影，這個叫厲秋的人有沒有可能……

君離塵被自己詭異的想法，嚇得久久不能回神。

「正彥。」藤原駿輕聲喊道。

「藤原先生。」灰色的人影出現在他身後。

「去查，把這個叫厲秋的人，再仔仔細細探查一遍，不要遺漏任何細節。」藤原駿皺起眉頭，「我要知道不一樣的情報，不要拿給月川紅葉的那份資料來敷衍我。」

「是。」灰衣男人恭敬地點頭答應。

「正彥。」藤原駿微微地低下頭，「你看，這個厲秋到底是誰？他怎麼做到的，能讓離塵……把我也放到了一邊？」

「他一定知道一些藤原先生不知道的事情，月川家隱藏的祕密，他應該是知道的。」

「什麼？」藤原駿驚訝地追問，「你說什麼？」

「我是說，這個人知道我們一直不知道的事情。」灰衣男人回答，「也許我們可以從這個人身上下手……」

「不許自作主張。」藤原駿抬手制止他，「你為什麼這麼說？」

「昨天半夜，我看見他出現在庭園裡。」

「庭園？難道不是在君離塵的房間嗎？」

「很抱歉，我只看見他急忙地從庭園走回自己的房間。」

「怎麼會呢？」藤原駿皺著眉頭，百思不得其解。

「藤原先生，有一件事我必須提醒你。」灰衣男人一板一眼地說，「木先生讓我轉告你，他已經等了太久，就快要失去耐心了，如果你還是把心思浪費在這種……」

「我知道了。」藤原駿不耐煩地打斷他，「你回去跟他說，我自有分寸。」

身後的灰色身影融入暗處，藤原駿遠遠看著君離塵的房間，臉上一片複雜。

半夜，藤原駿警覺地睜開眼睛。

他房間角落的椅子被移到床邊，上面正坐著一個人。

「厲先生？」他驚訝地看著這張蒼白的臉，「你怎麼……」

他回頭看了看床頭的電子時鐘，發覺現在是凌晨三點半。

「不好意思藤原先生，在這個時候來打擾你。」厲秋朝他微微一笑，「可是，有些事我想和你單獨談談。」

「找我？」藤原駿狐疑地看著他。「你有事找我？」

「這裡不太方便說話，藤原先生你介意跟我一起來嗎？」厲秋站了起來。

藤原駿也站了起來，皺著眉問：「去哪裡？」

「去沒有人會聽見我們說話的地方。」厲秋轉身走到牆邊。

藤原駿跟了上去。

厲秋蹲了下來，在牆角輕輕一拉，抽出一條長長的鐵鍊。藤原駿目瞪口呆地看著整面牆壁無聲無息地滑開，露出一條深幽的地道。

「我知道你有很多疑問，我都會為你解答的。」說完，厲秋走進了窄窄的地道。

藤原駿猶豫片刻也跟了上去，牆面在他身後緩緩復原。

驟然的黑暗讓藤原駿嚇了一跳。

不過前方很快就有了微弱的光亮，在柔和的光線裡，他看見厲秋的臉轉了過來，手裡還拿著一顆拳頭大的珠子，正是那顆珠子散發出了朦朦朧朧的光亮。

「你別怕，我沒有惡意。」厲秋淡淡地說。

藤原駿點了點頭，跟著他往下走。

這條地道是由緩慢向下傾斜的臺階組成，而且越往下走，就越是開闊。

「這裡是什麼地方？」走了一會，藤原駿忍不住開口問道。

「這座宅院在一千多年前，屬於一位和你姓氏相同的本國皇族。在修建這座房子的時候，正是國家局勢最為動盪的時刻。這家主人為了種種原因，找來當時最好的工匠，在這座宅院下挖了複雜的地道，作為避難和逃跑所用。」厲秋一邊走一邊解釋，「為了保守這個祕密，這棟房子完工之後，所有的工匠和監工的人員全部都被處死。只可惜，這條設計得無比隱祕和精巧的祕道還沒來得及派上用場，這家人就被當權者誅滅九族，這條祕道也就變成了無人知曉的祕密。」

「那你又是怎麼知道的？」藤原駿看著厲秋沒什麼表情的臉孔。

「我有一個擅長土木的朋友，他曾經花了幾年的時間研究這座房子的結構，這條祕道是他發現的。」當年洛希微離開的時候，向自己說出這棟房子底下有結構複雜的通道。「這裡能通往宅院的任何一個房間，出口都十分隱祕，而且強行破壞只會損毀出入口，所以除非拆除整座房子，否則絕對沒辦法發現這些地道。雖然有些道路已經塌陷損毀，不過大部分還可以正常使用。」

也幸虧這些年來，這座房子沒有經過徹底改建，這些祕道才奇蹟般地保留了下來。

「我們要去哪裡？」

「不去哪裡，我們已經到了。」厲秋在長長的漆黑通道裡停了下來。

他伸出手，在青磚砌成的牆面上按了下去。

藤原駿這才注意到，在厲秋按壓的地方有一塊磚頭的顏色比周圍還要淺。在厲秋推動的同時，那塊磚往內縮進，然後一陣輕微的「喀嚓」聲後，青磚牆的一部分隨著厲秋用力的方向向後退開。

縫隙裡透出了淡淡的光亮，隨著磚牆越推越開，那種光亮也隨之強烈起來，等到可以容納一個人走過的時候，厲秋停了下來。

他走了進去，然後對著目瞪口呆的藤原駿說：「請進來吧，藤原先生。」

# 南柯奇譚

NAN KE QI TAN

## 第五章

藤原駿走了進去，隨即被眼前的一切驚呆了。

這間不大的房間裡像是開著燈一樣，充滿了明亮柔和的光線。光線的來源是放在房間四角的四顆珠子，就像厲秋手上拿著的珠子一樣。它們在這深埋地下的密室裡，散發著奇異的光輝。除此以外，房間的另一邊還有幾個積滿灰塵的大箱子。

厲秋把手上的珠子隨手放到一邊，轉過身面對藤原駿。

「厲先生。」這個時候，厲秋蒼白的臉配上這幽暗神祕的場景，讓藤原駿心裡忍不住有些發毛。「你能先告訴我這到底是怎麼一回事嗎？」

「藤原先生是聰明人，我就不拐彎抹角了。」厲秋淡淡一笑，「我只問你一件事，你到底希不希望他的眼裡永遠只有你一個人？」

「他？」藤原駿疑惑地問。

「當然是君離塵。」說到這個名字的時候，厲秋的眼睛不可避免地暗淡下來。

「他的眼睛裡只有一個人，那個人是他前世的戀人。」藤原駿冷笑著說，「他看見的，一直是『君懷憂』，從來都不是『藤原駿』。」

「你不是曾經自信地對我說，你覺得自己就是那個人嗎？」厲秋看著他。「他在看君懷憂或在看藤原駿，又有什麼區別？」

「不一樣的。他的樣子，總是讓我覺得不安。」藤原駿的目光變得深沉起來，「他讓我覺得自己就是『君懷憂』，卻總是說著我不熟悉的事，有些時候他會問我對某些事有沒有印象、有沒有記憶，我真的很為難，根本不知道說有還是沒有比較好，那種感覺糟糕透了。」

「我知道。」厲秋暗自嘆了口氣，「所以我才來找你。」

「什麼意思？」

「不知道你對『君懷憂』這個人的瞭解有多少呢？」

「我知道的大多都是自己的拼凑猜測，他是離塵前世的戀人，不知因為什麼原因，可能是離塵的過錯導致他死了。離塵始終忘不了他，始終在尋找著……」

「不是，不是他的錯。」厲秋走過去，靠在那幾個疊放著的箱子上。「在這件事裡，沒有人犯了不可原諒的錯誤。每個人都有自己的顧慮，每個人都有自己的目的，無所謂誰對誰錯，也不是誰害死了誰。」

「你怎麼會……」

「我怎麼知道的並不重要，你就當我是來幫助你們這對在前世錯過了彼此的戀人。」厲秋壓低聲音，「算是為了彌補有些人所犯下的錯誤……」

「你說什麼？」藤原駿追問，「你是說，我真的是……」

「當然是真的，你就是君懷憂。我今天來找你，就是為了幫你找回遺忘的過去。」厲秋微笑著，「關於『君懷憂』的，也關於『藤原駿』的。」

藤原駿訝異地看著他，顯然不明白他的意思。

「君懷憂和君離塵，在那個時候是一對兄弟。」厲秋淡淡地說出了藤原駿從來沒有聽說過的事情。「君懷憂是兄長，而君離塵比他小了三歲。

雖然分離多年，但他們的的確確是有著相同血緣的兄弟。」

藤原駿沒有說什麼，這些他早就已經隱約猜到了。

「那個時候的君離塵，是一個擁有野心和抱負的佼佼者。那個時候，他已經得到了一人之下萬人之上的地位。可是他並不滿足，他想得到的，是足以證明他自己的位子。而他這個人對於想要的，就算千方百計也一定要得到手。」厲秋半垂下眼簾，陷入回憶之中。「君懷憂不一樣，他從來沒有想過自己有一天會和君離塵以那樣的方式糾纏在一起。一個是懷著絕對要得到的心，一個卻始終告訴自己把對方當作兄弟。一個人追逐，一個人被追逐，最終不可避免地變成了悲劇。」

「怎麼會呢？這中間究竟發生了什麼？」藤原駿對他這種簡略的陳述並不滿意。「究竟是什麼讓君懷憂死去，而君離塵卻為之痛苦直到現在？」

「那些重要嗎？皇權霸業，金戈鐵馬，那些都早已湮沒在過去的時間之中。你又何必苦苦追問？現在，在那段時間中的人都已經死去。對你來說，只要記得君離塵還在你身邊，只要記得這個人是為了你而來，就已經足夠了。」厲秋慢慢地轉過身，面對著牆壁。「其實並不需要什麼前世的記憶，只要你愛著他，只要你把君懷憂死前那一刻的心意告訴君離塵，就已經夠了……」

「你究竟是什麼人？」藤原駿看著他消瘦的背影。「你半夜突然來到我的房間，把我帶到這個地方，和我說了這麼多莫名其妙的事情。你究竟是誰？你又怎麼知道這些事？你這麼做的目的又是什麼？」

「我說了，我怎麼知道的並不重要。如果你希望他有一天眼裡看到的不再是過去的『君懷憂』，而是現在的『藤原駿』，你最好相信我。」

「但我並不記得君懷憂的事。」

「不需要記憶。」厲秋伸出手，像是無比珍惜地撫摸過箱子上的浮塵，「你要知道，有些時候就像是正好持平的天平一樣，一旦你在其中一邊加重砝碼，就算只是微不足道的細節，就足以讓它傾斜了。」

「我不明白。」

「這很簡單，你只要按我所說的去做就可以了。」厲秋回過身，目光卻犀利起來。「但是你一定要記住，今天晚上的談話只能是你我之間的祕密。要是你說了出去，你現在擁有的一切都會化為烏有。」

「這麼嚴重？」藤原駿的臉上寫滿了懷疑。「你怎麼證明你說的話都是真的？」

「你可以試試。」厲秋笑了，「我說了你是個聰明人，所以不必這樣試探我。該讓你知道的你會知道，你不能知道的也就別想知道了。為了你自己，你應該知道怎麼做才是最好的選擇。」

「我知道了。」藤原駿點了點頭。

「知道就好。」厲秋繼續微笑著說，「不過你要記得，你現在看見的君離塵只是他其中一面。千萬不要自作聰明，覺得你能夠隱瞞他什麼。」

他意有所指的話，讓藤原駿的臉上閃過一絲驚訝。

「你的目的又是什麼？」藤原駿皺起眉頭，「這些事對你來說，又有什麼意義？」

「我當然有我自己的目的。」厲秋沒有正面回答，「不過，那屬於你不能知道的範圍，至於要不要相信我，那也是你的自由。」

藤原駿看著他，越來越覺得眼前這個人的身上充滿了謎團，可是偏偏卻有一種讓人不知不覺就想要相信他的力量。

君離塵醒著。

他端端正正地坐在被整理乾淨的房間裡。儘管他的眼裡已經布滿血絲，但還是一眨不眨地盯著那面牆壁。

月光下，那面牆壁泛著詭異的白光。

終於，像是被他的意念打動一般，那面牆開始緩緩移動，他猛地從椅子上站了起來。

牆壁裡，果然走出來一個人。

「懷憂……」這一刻，君離塵的臉上混合著驚訝和疑惑。

「離塵。」君懷憂走到他面前，飄忽地對他微笑著。

「懷憂？」君離塵的眼神恍惚起來，眼前這個人的微笑，喊他名字時的語氣，不正是他的懷憂？

「這個……」君懷憂神情朦朧，柔和地說著，「還給你。」

張開的掌心裡，是一顆發出淡淡光華的珠子。

「這是……」君離塵一看之下，連呼吸都停了一刻。

「還君明珠，我們是遇不逢時，」君懷憂低垂下眼睫，有些恍惚地說，「還有，你記不記得？一生一世，不棄不離。」

「記得……」

怎麼會不記得？怎麼能忘記呢？這些夜明珠，是他有一年專程派人送去扶桑。只因為聽到傳說，說長伴夜明珠的人，能夠驅病護體、百邪不侵。

怎麼會不記得？怎麼能忘記呢？這句「一生一世，不棄不離」，彷彿刻在他的骨髓之中，讓他痛苦得幾近瘋狂。

「我還沒來得及告訴你，我答應你了，我們生生世世，不棄不離。」

君懷憂抬起頭，笑得那麼溫柔，「我來找你了，離塵……」

厲秋站在牆後。

他背靠著牆，離君離塵和「君懷憂」不過幾步的距離。當他聽到那句「生生世世，不棄不離」的時候，隱沒在陰影中的臉上露出了一抹笑容。

是開心的，更是淒涼的。

終於對他說出來了，唯一可惜的，是說這句話的人不是自己。不過，只要他知道就好，只要他知道……

站直了身子，他悄無聲息地離開。他知道接下來「君懷憂」會「暈倒」，那勢必會驚動所有的人。反正該看的都已經看到了，該聽的也都聽到了，也是該離開的時候了。

長長黑暗的通道像是沒有盡頭。

他扶著磚壁，靜靜地走著。

沒有盡頭，永無止境的時間。但最後，屬於他的，還是走到了盡頭。

他輕輕推開浮壁，回到了自己的房間。

「秋。」有人喊他的名字，「你去哪裡了？」

「去辦一些事。」他說，「蝶，妳在房裡嗎?怎麼不開燈？」

過了很久，沒有人回答。

「怎麼了？」他輕聲問，「出了什麼事嗎？」

「秋……」他終於聽到了那個帶著顫抖的聲音，「燈是打開著……」

厲秋聽完，伸手摸了摸自己的眉眼。

「喔。」他輕輕地應了一聲，「對不起，我沒有看見。」

「秋。」一隻冰涼的手掌撫摸上他的臉頰，他聽見帶著哭泣的聲音在問，「你看不見了。你看不見了，對不對？」

「是啊。」他平靜地回答，「前幾天看東西就有些模糊，我還以為是我太累了。」

「我去找舒醫生，我們去醫院。」月川蝶喃喃地說著，「不能再拖了，不能再拖了……」

「不行。」厲秋一把拉住她將要抽離的手，「妳現在不能去。」

「為什麼？」

「舒醫生現在不會有空的。」這個時候，他一定被喊進君離塵的房裡了，「我沒什麼關係，這很正常，遲早都會發生。」

「什麼正常？哪裡正常了？」月川蝶拔高聲音，「我不管，這次你說什麼我都不要聽了。」

「蝶，別這麼任性……」

「我任性？要是我任性的話，我早就把什麼都說出來了。我就是怕你生氣，怕你難過，才一直忍著。」月川蝶咬著牙說，「無論如何，我這一次都不會再聽你的了。你要是不讓我去找舒醫生，不願意去醫院，我就立刻到他面前，把一切都說出來。」

「不要。」厲秋平靜的臉上露出了一絲慌張，「如果妳說了，我不會原諒妳的。」

「我才不要你的原諒，我只要你活著。」月川蝶瞪著眼睛，眼淚一滴滴地落了下來。「就算你恨我一輩子也好，只要能讓你去醫院，我才不在乎。」

「蝶！」聽出了月川蝶的堅持，厲秋的心裡頓時慌張起來。

「你知不知道我喜歡你？」月川蝶的語氣突然輕柔起來。「我這麼這麼喜歡你，我這一輩子，再也不能像喜歡你一樣去喜歡別人了。可是我知道你的心裡從來沒有我的位置，在很久很久以前，你的心就被那個人占有了。就算我再怎麼努力，也不可能取代那個人。」

「妳這是何苦……」厲秋閉上眼睛，長長地嘆了口氣。

「在這三年裡我努力過了，我幾乎以為自己成功地讓你忘了他。可是你還是遇見他了，看見你跌進他懷裡的那一刻，我就知道我永遠地失去了……不，應該是我從來沒有得到你的心。」月川蝶擦掉眼淚，努力微笑著。「我就像做了一個瘋狂的夢，醒來以後，覺得自己像傻瓜一樣，患得患失，居然為了一顆永遠不會屬於自己的心，做了那麼多蠢事。」

「對不起……」

「不要說對不起，你的溫柔其實很殘忍，這個世上，我再也沒有見過像你這樣溫柔又殘忍的人了。」月川蝶看著他已經失去光彩的眼眸，「像我，像他，我們都被你的溫柔迷惑。他曾是那麼殘酷可怕、野心勃勃的人物，可是你看看現在的他，除了你他已經什麼都沒有了。可是你居然還能站在他的面前，表現出根本不認識他的樣子，你怎麼能夠做到呢？」

「我……」厲秋瑟縮了一下。

「你連對自己最愛的人都能這麼狠絕，你到底是溫柔呢？還是殘忍呢？我覺得你很殘忍，你是這個世界上最殘忍的人。你不但對別人這樣，對自己更是。我一直覺得自己可憐，像個傻瓜一樣。可是每當看到你夜復一夜地徘徊在他的窗外，掙扎著不去看他；每當他看著那個人叫懷憂，你轉過頭隱藏的眼神，我才知道你是那個真正的傻子。」月川蝶把臉埋進了他的雙手。「在你心裡，有沒有我根本算不了什麼。可你難道不知道嗎？沒有了你，他活著根本就沒有意義。他當年就是為了你，放棄已經得到的一切，放棄他一生追求的帝位，最後連性命都不要了。你怎麼能夠這麼對他，要是他知道了……要是他知道了，他該怎麼辦？」

「所以，一次已經夠了。」厲秋輕聲地回答，「那樣的痛苦，我不希望他再經歷一次。他值得更好的人生，而不是和我這樣被命運詛咒的人繼續糾纏下去。我只是希望他過得幸福，每一天能從甜美的夢裡醒來，能有一個他一看見就會微笑的人陪伴在他身邊。那樣，就足夠了。」

「你以為他在冰冷的地宮裡沉睡千年，只是為了這種虛假的幸福嗎？」

月川蝶抓緊了他的手，「你以為真的能隱瞞一輩子嗎？要是他到最後才發現，那該怎麼辦？」

「不會的，只要妳不說，我不說，我們一起保守這個祕密，他就永遠不會知道。」厲秋的臉上居然露出笑容，「只要他不知道，就不會傷心，不會痛苦，那就會變成真正的幸福了。」

「你做了什麼？」月川蝶駭然地看著他，「你剛才……」

「沒什麼，我只是做了一些必須要做的事。」厲秋淡淡地說，「就算他曾經有所懷疑，也會慢慢淡忘。因為『君懷憂』始終在他身邊，而厲秋很快就要消失了。時間一久，就再也找不到痕跡。」

「那這樣的話，你怎麼辦呢？」月川蝶茫然地問，「你真的甘心嗎？你真的能就這樣把最愛的人施捨給別人？」

「我不甘心，我也不願意。」厲秋笑了出來，「可是蝶，我快要死了。人死了以後，什麼不甘心不願意，就都不存在了。我這個人本來就不相信前世今生，我只知道人死了以後，萬般無奈都會消失。腐爛成骨架，燃燒成灰燼，讓他和別人糾纏一生一世，我累了，就先走了。這一次不再有生生世世，死了就是死了，什麼都沒有了。」

「你在胡說。」月川蝶幽幽地說，「如果是這樣，你為什麼哭？真的這麼瀟灑，你為什麼要哭？」

她的掌心裡盛著眼淚，從厲秋空洞的雙眼中流淌而出。厲秋愣愣地摸著自己的臉頰，指尖沾上了冰涼的液體。

「我去找舒醫生，我們去醫院。」月川蝶站了起來。「我不想知道你到底有多傻，也不在乎他會多痛苦，我只知道我一定要送你去醫院。這次不論你說什麼，我都不會讓步。」

「好吧。」厲秋放下手，「如果妳堅持的話，我只有一個請求，不論如何，我都不希望他知道真正的原因。」

月川蝶看著他，慢慢地搖了搖頭，嘆著氣答應了。

# 南柯奇譚

NAN KE QI TAN

## 第六章

舒煜很快就到了。

他仔細看了看厲秋的眼睛，然後一向溫和的微笑完全從他的臉上消失。

「你知道多久了？」他凝重地問。

「三年。」厲秋回答。

「為什麼不及早治療？」舒煜皺起眉頭。「你知不知道，這遲早會要了你的命。」

「最開始是不願意，到現在是因為害怕。」

「那妳呢？」舒煜轉過頭，毫不客氣地對月川蝶說，「妳明明知道他的病有多麼危險，居然任由他惡化下去？」

月川蝶轉過頭，沒有理他。

「不要怪她，她一直在為我擔心，這三年過得很不好。」厲秋為月川蝶解釋，「她都是為了我，才一直隱瞞不說的。」

「我現在不想管你們這些亂七八糟的事情。」舒煜對月川蝶說，「立刻找車，我們去醫院，再拖上一刻就多危險一分。」

「舒醫生，你想做什麼？」他想扶厲秋起來，厲秋卻坐著不動。

「檢查完就立刻動手術。」舒煜果斷地回答。

「不行。」厲秋一樣果斷，「就算要動手術也要過一段時間。」

「為什麼？你知不知道腫瘤已經開始壓迫視覺神經，誰知道你還能撐多久？要是突然破裂，你隨時都會沒命。」舒煜沒好氣地說完，瞪了在一邊的月川蝶一眼，「他腦子有病，妳也傻了嗎？還不去找車。」

月川蝶沒有動作，只是一臉猶豫地看著厲秋。

「你們這是在搞什麼……」

「舒醫生，我暫時不願意動手術。」厲秋心平氣和地重複。

「為什麼？」舒煜一臉驚訝，「難道你喜歡在腦袋裡放一顆不定時炸彈？」

「怎麼會呢？只是我知道腫瘤的位置很危險，成功的機率微乎其微。

比起等它破裂，我先死在手術臺上的機會要大得多。」

「那有什麼關係？」舒煜頭痛地說，「你要知道，活在這世上每天都有風險，每天死在手術臺上的人絕對比出意外事故而死的人少很多。」

「哪怕我明天就要死了，我還是不願意動手術。」厲秋固執地說，「我還有事情沒有做完。」

「你在說什麼話，你瘋了嗎？」舒煜懊惱地說，「都怪我分心，沒注意到你的身體有這麼嚴重的問題。我早該看出來的，你一直失眠嘔吐，還無緣無故頭痛暈倒。虧我自稱醫術高超，居然都沒有發現。」

「我的病情之前一直都很穩定。」

「可能你最近情緒波動太大，大腦的事情誰也說不清楚，再這樣下去太危險了。」舒煜抓著自己蓬鬆的頭髮，對於這個無動於衷的人一點辦法也沒有。「一旦情況惡化就難以控制了，要是不盡早進行手術，後果很難預料。」

「三年前我就知道了，那時候我不在意，是因為無所謂活著或死了，但現在不行。」厲秋異常冷靜地說，「就算要賭，也要在沒有後顧之憂的情況之下。」

「你果然精神不正常。」舒煜冷哼了一聲，「我看你根本是在害怕，你怕死在手術臺上，沒有機會再看他一眼。」

不止厲秋抬起頭，連月川蝶也吃驚地看著這個一向不正經的舒醫生。

「喔，對，你看不見了。那換個說法，應該說，你捨不得提前離開這個有他存在的世界。對不對？君懷憂。」

「什麼？」厲秋揚高了聲音，「蝶！」

「不是我說的，我什麼都沒說。」月川蝶著急地辯解著，「我怎麼可能跟他說啊。」

「沒有人跟我說，我自己猜的。」舒煜雙手環胸。「你以為每個人都和那個君先生一樣傻啊。當局者迷，我作為旁觀者當然看得很清楚了。」

「你是誰？」厲秋表面鎮定地質問他，心裡卻已經亂了陣腳。

「蝶小姐認識我很久了，我是他們家的醫生。」舒煜聳了聳肩，「誰規定醫生就不能看破你們極力隱瞞的祕密了？」

厲秋低著頭，在心裡想著該如何應付舒煜，月川蝶則是完全傻了，只能愣愣地看著舒煜發呆。

「你沒有告訴任何人，是嗎？」厲秋問他。

「我說了，我不是多嘴的人。這種事不徵求當事人同意，我怎麼敢亂說？」舒煜摸著下巴。「雖然忍得有點難受，不過我還是會遵守職業道德的。」

「你想要什麼？」

「我要你跟我去醫院。職業道德是很重要，但我作為醫生，最看重的是拯救生命。」

「我不會動手術。」他用沒有焦距的眼睛看著舒煜的方向。

「暫時不動，我們先檢查好不好？」舒煜被他看得有些害怕，「我幫你徹底檢查一次，動不動手術以後再說，好不好？」

厲秋想了很久，才僵硬地點了點頭，看著他點頭的舒煜和月川蝶一起鬆了一口氣。

厲秋坐在病床上，不知道現在是什麼時間。

其實白天和黑夜對他來說早就失去意義，只不過現在更加徹底一點。因為看不見，所以沒辦法估算離自己來到這裡已經過了多久。

這時他聽見門被推開，直覺地把頭轉了過去。

「蝶，是妳嗎？」他問。

「是我，舒煜。」舒煜的聲音響起，「我帶人來看你了。」

厲秋一愣。

「厲先生。」那是一個有些陌生卻也有些耳熟的聲音，「你好。」

「你是……」他想了想，還是分辨不出來。

「我是月川紅葉。」那個人乾脆地回答。

「啊？」厲秋一呆，「你醒了？」

「其實，我並沒有昏迷。」月川紅葉的聲音聽起來有些猶豫，「我很抱歉。」

「這樣啊。」厲秋略想了一下，明白了前因後果。「是你讓舒煜來月川家的，對不對？」

「我只是怕蝶亂來。」坐在輪椅裡的月川紅葉嘆了口氣，「我沒有想到事情會這麼嚴重，我只是……」

「我知道，你只是不忍心看蝶難過，卻又無法裝作不知情，所以才決定暫時留在這裡。」厲秋微微一笑，「我能理解你的為難。」

「你這個人啊，真是一眼就能把別人看透。」月川紅葉來到床邊，盯著他，「可是為什麼在自己的事情上，卻這麼固執呢？」

「如果你也是來勸我的，那就不必了。」厲秋的聲音冷了下來。

「不是，我只是來告訴你一些事。」月川紅葉看著眼前這張蒼白憔悴卻異常固執的臉，心裡暗自嘆息著，「有些事你應該從我妹妹那裡知道了，但有些事，連當年的韓赤蝶也未必清楚。」

厲秋的嘴角微微動了一下。

「一切要從『君懷憂』死後說起。」

當年，君懷憂被藍天遠帶回皇宮，而洛希微折返回君離塵的營帳。

此後不過兩天，京城就被攻破，君離塵的大軍直接殺到了皇宮大門。

那時已是深夜，宮門緊鎖，年輕的皇帝站在高高的宮牆之上，面無懼色地和雙目赤紅的君離塵對峙著。

那一夜，沒有人能料想到，這一次儼然已經成功的兵變，居然會在最後一刻功敗垂成。

只因為他們的主帥被一具從宮牆上拋落的屍體嚇得魂飛魄散，幾乎忘了自己是誰，又是為了什麼才站在這裡。他失魂落魄地抱著那具屍體，就像第一眼看見屍體的時候，他也跟著一起死了。

反之，年輕的皇帝雄姿英發、曉以大義，讓這歷時長久、死傷慘重的兵變，就這樣荒唐地結束了。

君家眾人東渡扶桑，君離塵被關進天牢。逆反之罪在天子的寬容下，雖未株連九族，不過君離塵還是被判車裂之刑，以儆天下。

君離塵被關到進天牢之中，從雲端跌落地獄，卻像完全感受不到外界的一切。他不言不動，一連多日粒米不進，滴水不沾，竟是想要絕食而死。

直到那一天，韓赤蝶踏進了天牢。

「那些經過，韓赤蝶應該記錄下來了吧？」月川紅葉問他。

厲秋點了點頭。

他看過韓赤蝶的手札，上面記述著那一次在天牢的會面。

看守帶著我走了很久，才走進那間最裡層的房間。他靠牆坐著，手腳都帶著沉重的鐵鍊。這是我第一次看見他，他抬起頭，臉上沒有任何表情，看著我的眼睛裡沒有一絲生氣。與其說他還活著，我倒以為他已經死了。

我和他說了很多，他都沒什麼反應。直到我提起了那個人的名字，他像突然從夢裡醒來一樣。

最後，我把東西給了他，我讓他自己做出選擇，是徹底放棄？還是再賭一把？

其實我沒有等到他做出選擇，因為我知道他的決定是什麼。說是選擇，其實我只給了他一條路。

我不能確定這樣做是對是錯，可是我答應過那個人，要讓他活下去。這是我唯一能做到的，我也在賭，賭這「離恨天香」真的能讓他一睡不醒，直到千百年後。

至於他能不能再和那個人相遇，就不是我所能探究的了。但紫辰既然留下這個契機，總有他的道理。也許，他在壽終之時，終於有緣窺得天機。他對母親說過，我們韓氏一族的能力就要在我這一代中止了。我為了別人違逆天道，因此能力遭到剝奪，果然也是應驗了。

我插手救了一個該應劫死去的人，就必須有另一個命不該絕的人替他償命。傷害無辜，一定要有所抵償，我們韓氏一族血脈中的靈氣，從這一天開始就會漸漸散去，直到消失。

「那『離恨天香』，是他的師父紫辰在臨終前煉製出來的一種藥物。當時盛傳是傳說中的不死之藥，但這種說法隨著紫辰死去而不攻自破。他把這種藥物交給了我們韓家的先祖，只說終有一天會派上用場。」月川紅葉說，「雖然沒有人相信這世上會有什麼不死之藥，不過『離恨天香』可能就是和這種說法最接近的東西了。」

「作為醫生，我可以告訴你，世界上根本就不可能有什麼讓人長生不老的神藥。幾年前有人這麼告訴我的時候，我只覺得他是白痴。」舒煜在一旁插嘴，「就算讓人依靠頂尖科學技術而沉睡一千多年，再醒來時卻完全沒有任何改變，那也是絕對不可能的，有太多外在因素會干擾這種時間太過長久的計畫。可是奇蹟偏偏就這麼發生了，它嚴重打擊了我的邏輯觀念，顛覆了我的科學信仰。」

「然後韓赤蝶欺騙了皇帝。而他開始沉睡，在一處沒有人能夠涉足的地方。」

皇帝最終相信了韓赤蝶關於君離塵和他同命相繫的說法，這是出於自古以來，所有人類對於未知命運的畏懼。

但是他不放心，君離塵還存在的這個事實給了他太大的壓力，誰能保證那種神乎其神的藥物真的能讓人在今後的幾百年裡昏睡著慢慢死去？可是他沒有選擇，他知道君離塵就算清醒也不會願意好好活著。像君離塵這樣的人，只要他想死，就沒有人能強迫他活下去。

在左右為難了很久之後，皇帝開始在地底深處修建一座世間最隱祕堅固的監牢。他親自設計了一切細節，結構之複雜精巧，不論是有人想進去，或裡面的人想出來，都幾乎是不可能的。

據說這座建造於地下的陵寢挖了數百丈，一層一層往外修建，足足有六層之多，耗費了數十萬能工巧匠，用將近二十年的時間才完全建好。但諷刺的是，在造好之後不過兩年，那位名動青史的君王就駕崩了。他離奇暴斃，甚至沒有立下遺詔，當然也來不及下令摧毀這座地宮。

這個時候，韓赤蝶已經帶著她的一對兒女，到了扶桑和她的兄長一起生活，直到百年終老。

「你有想過要把一座最最隱祕的地宮建造在什麼地方嗎？」月川紅葉嘆了口氣，「那位皇帝的確是一個聰明絕頂的人物。他把地宮造在了城郊，完工以後更是在地面上修建了一座規模宏大的寺廟，遷來當世最富盛名的高僧，刻意地造就了一處香火鼎盛、有著上千僧侶的名刹。」

因為不知道「離恨天香」失效的具體時間，韓家的後人絞盡腦汁地想要打開地宮。只是朝代更迭，戰亂不斷，那座牢不可破的地宮，讓他們幾乎束手無策。時間一年一年地過去，韓家的後人雖然有心完成祖上的遺願，可是始終沒有什麼進展。地宮的設計濃縮了古人的智慧，要是隨意動手，搞不好會令地宮完全崩塌。

就這樣過了千年時光，直到韓家變成了月川家，直到月川家有了月川紅葉。

「我能夠打開那座地宮，當然歸功於現代科技。可是在那之前，我並不相信這個故事的真實性，我甚至從來沒有翻看過韓赤蝶留下的手札。我妹妹那種走火入魔的樣子，常常會讓我覺得不可思議。我想要打開地宮，其實是想讓我那個離家出走、說要『尋找』的妹妹看看，這個世界上並沒有什麼『離恨天香』、什麼『君離塵』、什麼『君懷憂』，這不過是某一代祖先胡亂編造的故事而已。」月川紅葉搖頭，「可是我沒想到，我居然會在地宮最深處，找到了那個沉睡在白玉石床上的人。」

「我也快嚇死了。」舒煜補充，「我本來以為只是去度假而已。」

「更不可思議的，是他居然醒了。」

君離塵的甦醒，就像是命運開始復甦的預兆。

「要是我曾經看過那本手札，也許所有的事都會不同。韓赤蝶當時唯一隱瞞了君離塵的，就是你的來歷。她讓他以為你會轉世投胎，會一如當年的模樣重回他的身邊。可是根本沒有什麼轉世，他所要找的『君懷憂』保留著原本的靈魂，只是存在於不同的身體裡。」

「你們都知道了……」

「蝶已經全部告訴我了。」月川紅葉看著他，「我沒有立場指責你，你有你自己的苦衷，我也明白你的顧忌。只是這樣慘烈的結局，總是讓我心裡不太舒服。從理智上來看，你做了一個足夠冷靜，也足夠完美的選擇；不過從感情上看，你卻做了一個可能會讓所有人都覺得懊悔、都覺得痛苦的選擇。」

病房裡一陣長久的沉默。

「我已經選了。」厲秋自嘲地笑了一笑。

「我知道你選擇退讓，和許多年以前從他身邊逃開一樣。可是這次，他就站在你的面前，你卻沒有伸手抓住。」月川紅葉還是忍不住嘆了口氣。「我以前只認為愛上你的人會很不幸，現在我覺得，被你愛上的人也是不幸的。也許他永遠不會知道你為他做了什麼，但他才是最不幸的那個人。你這麼做了，他就算想要恨你，也無從恨起。」

「我知道，我也想過另一種可能，但那顯而易見的答案讓我退縮了。

我不否認我的自私和懦弱是他痛苦的根源。我自以為是地安排了別人的命運，把自己當成聖人，這些我都知道。」厲秋平靜地說。

「你想讓他在怨恨和痛苦中度過一輩子嗎？」

「如果真發生了那樣的狀況，只會是因為你們不願意為我保守祕密。」

「唉——」這一次，連舒煜也嘆了氣，「我們不說，他也有可能知道啊。這世上哪有永遠的祕密。」

「要是還有別人知道的話，哪裡還算得上祕密？」厲秋語調冷硬，「如果真是天意，我也無話可說。」

「好，我們不說。」月川紅葉堅定地說，「可是你一定要動手術，這是交換條件。」

「有多大的把握。」厲秋問。

「手術風險很大，我不能給你任何承諾。」舒煜回答。

「你認為我會答應嗎？你憑什麼那麼認為呢？」厲秋問月川紅葉。

「我賭你不敢，雖然你表面上看起來堅決無情，其實你根本不敢讓他知道。」

這一句話，終於讓厲秋臉上的冷靜完全剝落。

「為什麼要這樣逼我呢？」他低下頭，流露出傷痕累累的疲憊。「我只想擺脫這該死的命運，只想安安靜靜地離開，你們為什麼就不願意放過我呢？」

「因為我們不希望你就這樣離開，更不願意看見你被命運擊倒。」回答他的，是舒煜堅定的聲音，「我們不希望相信，這個世界沒有奇蹟。」

「秋，試一試吧。」月川蝶的身影也出現在門邊。

厲秋沉默了很久，很久很久。

# 南柯奇譚

NAN KE QI TAN

## 第七章

這時月川家的大門前，來了一位不速之客。

「就是這裡吧。」她一手拉著行李，一手拿著寫有地址的紙條。

確認之後，她看了看眼前氣派的房子，心裡碎念起來。

沒想到小蝴蝶居然是有錢人家的孩子，早知道平時就對她好一點，這樣就可以讓她招待自己來國外度假了。

黑西裝的帥哥走過來用本地方言嘰哩咕嚕說了一大推。

「咳咳。」她清了清喉嚨，露出風情萬種又嫵媚動人笑容，「不好意思，我不懂你在說什麼呢。」

「對不起，請問您有什麼事嗎？」黑西裝的帥哥立刻換了語言。

「啊，這個……」果然不是一般人家，居然連保鑣都長得這麼帥，還會說外語，「我是來找人的。」

「請問找哪位？」

「我來找一個叫厲秋的人，嗯……或者找你們家小姐也行。」

「找小姐和厲先生？那請問您是……」

「何曼。」她笑得像一朵盛開的鮮花，「我叫何曼。」

稍後，何曼被帶到了客廳。

「妳真的是來找人的？」坐在椅子上的君離塵問道。

何曼眼睛發亮地看著他，沒有回答。

「這位小姐，我們先生在問妳話。」

「等等……不對啊。」她眼睛裡的驚豔慢慢變成了懷疑。

「那個誰誰，黑衣服長頭髮的這位帥哥，我們以前是不是在哪裡見過？」她語出驚人。「你是不是和我相親過？」

「不對，這種等級的男人我不可能隨隨便便忘掉。」沒等別人回答，她又開始自言自語，「難道說，你就是我命中註定的男人，我才會覺得你似曾相識？」

「喂。」顯然有人不樂意了，「妳胡說什麼。」

何曼這才注意到還有其他人在。

「嗯……你雖然也長得不錯，不過不是我喜歡的類型，真是抱歉啊。」她用在菜市場挑選豬肉的眼神打量著他。

「你！」

「對了帥哥，」她視若無睹地把目光掠過對方，轉眼笑得羞澀。「不知道你叫什麼名字？我不能一直叫你帥哥帥哥吧。」

「我叫君離塵。」坐在後面，始終沒有什麼表情變化的人回答。

「君離塵……咦？果然有點耳熟。」她用手指捲著髮尾，試圖營造出天真可愛的感覺。「這麼好聽、這麼有內涵的名字，一聽就知道你我很有緣分呢。」

藤原駿瞪了她一眼。

「這位小姐，妳到底是來幹什麼的？」但他的直覺又告訴自己，這女人有種古怪的邪氣，所以還是耐心地再問了一遍。

「嗯？」她愣了一下，才想了起來，「啊，我好像是來找人的。」

「妳是不是要找厲秋和月川小姐？」藤原駿走到君離塵和這個女人中間，語氣不好地回答，「不是跟妳說了，厲先生得了急性盲腸炎正在醫院開刀，月川蝶在那裡陪著他。妳為什麼不肯相信，還在門口大吵大鬧？」

「什麼大吵大鬧，我這麼有氣質的美女，那叫據理力爭好不好。」她甩了一下及腰的狂野捲髮，想要在帥哥面前表現出她野性嫵媚的一面。

藤原駿被她氣得臉色都變了。

「妳那叫據理力爭？」說是大吵大鬧都算客氣了，這個女人居然趴在門檻上大聲哭號，說什麼謀財害命、始亂終棄、殺人滅口，讓經過的路人以為發生了什麼驚天動地的慘劇，都差點報警了。

「我人生地不熟，好不容易找到這裡，結果你們居然連門都不肯讓我進去，難道還有道理了？」何曼假裝柔弱地趴在沙發扶手上。「而且我有點貧血，因為剛才受到刺激突然發作了。」

「貧血怎麼可能……」

「他們在醫院裡，我會讓人送妳過去。」藤原駿身後的君離塵，終於在他爆發前出聲了。

「帥哥，你怎麼也跟著一起騙我呢？」何曼的眼睛轉了一圈。「我們家阿秋不會被你們怎麼了吧？你們現在是不是也想把我拖到荒郊野外處理了？」

「什麼？」她繞來繞去的話讓君離塵有點抓不到重點，「妳不想去醫院？」

「離塵帥哥，很不巧呢，因為你們說了一個漏洞百出的謊話啊。」她從包包裡拿出指甲剪，修剪著剛才不小心折到的指甲。「要不是我對阿秋身體的每一個部位都瞭若指掌，真的要被你們騙到荒郊野外這樣那樣……」

「妳好好說話可不可以？」藤原駿瞪著她，正考慮要不要叫人把她丟出去。

「我哪裡沒有好好說話？」她把指甲剪收好，正襟危坐。「我會這麼說，是因為除非阿秋的身體結構不正常，才有可能得什麼急性盲腸炎。因為他在大學的時候，就已經動過盲腸的手術了。更不巧的是，那次正是我千辛萬苦、千山萬水、不辭辛勞、不畏艱險地，幫他打電話叫救護車。」

藤原駿微微一愣，轉頭看向君離塵。

「妳說他在說謊？」君離塵的眼神銳利起來。「他為什麼要對我說謊？」

「這個問題很可笑啊。」何曼笑了兩聲。「不過以我的瞭解，阿秋那個人是不會說謊的……」

說到這裡，本來漫不經心的她突然停了下來。

藤原駿看著她突然失去表情的臉，覺得有一股寒氣衝上背脊。

「你是說，阿秋他說謊說自己得了急性盲腸炎，然後去了醫院？」何曼的表情變了，突然之間就像換了一個人。

君離塵點了點頭。

「那個……」何曼抿了抿嘴唇，「他最近有沒有拿刀割自己？或吞了一兩瓶安眠藥？還是想從樓上往下跳之類的？」

「妳在說什麼啊？」藤原駿不悅地說，「他又不是瘋子，怎麼可能會做那種事。」

「啊，我先走了。」何曼突然之間站了起來。「再見啊，離塵帥哥。」

藤原駿的臉色又變成鐵青，他有生以來第一次被人這樣徹底無視。而且還來不及回神，那個女人已經飛快地跑走了，一轉眼居然已經到了大門邊。

「這瘋……」一口氣堵在胸口還沒吐出來，他發現那個女人居然拖著箱子又跑回來了。

「我這麼著急幹嘛？反正有小蝴蝶看著應該不會有事。他又不是我的男朋友。」何曼一邊折返，一邊碎念著，「反正他就跟小強一樣，最多過幾天就會好了。我就不參加那種血淋淋的活動了，以免又把皺紋嚇出來。」

「你！」

「離塵帥哥，我回來了。」她笑咪咪地打招呼，「我決定了，還是先在這裡打擾一陣子，還請多關照。」

說完，她還非常禮貌地鞠了一躬。

「妳這個瘋女人。」藤原駿終於忍不住爆發了。「妳怎麼可以這麼沒禮貌，誰允許妳自己決定的？」

「咦？」何曼疑惑地看著他，「你怎麼知道的？」

「什麼？」

「我家阿秋以前也常這樣稱呼我。」她學厲秋的口氣說：「何曼那個瘋女人！」

「有什麼奇怪的，妳本來就是……」話還沒說完，藤原駿就被身後衝出來的黑影嚇了一跳。

「妳說什麼？」冰冷的語氣隱含著一種說不出的陰鬱。

「我說……」突然放大了好幾倍的漂亮臉蛋來到眼前，她一時沒回過神，「你的眼睫毛好長，是不是能放火柴上去？你的髮質真好，是用什麼洗髮精？還有你的皮膚……」

「妳剛剛說了什麼？」

那種鑽進骨頭裡的壓迫感，終於讓被美貌搞得暈頭轉向的何大小姐清醒了過來。

「我說，阿秋以前也常常這麼稱呼我，他跟他的姐姐們總是說『何曼那個瘋女人怎樣怎樣』。」她立刻清楚快速、大聲詳實地複述了一遍。

「誰是何曼？」

君離塵這句話一問出口，發覺眼前的女人突然之間流露出泫然欲泣的表情。

「虧我這麼欣賞你，你居然說出這麼過分的話來。」她翻了個白眼，

「我一進門就自我介紹過了啊，我叫何曼，何是『何日君再來』的何，曼是身材妙曼的曼。」

「妳是何曼，妳居然叫何曼？瘋女人，何曼那個瘋女人……妳就是他說過的那個女人，妳居然活著，妳居然就叫何曼？何曼居然是存在的，在現在，不是過去，就是在現在活著的……何曼？」

「你、你想幹什麼？」何曼用手捂住了自己的臉，「我警告你，我可是武術高手，你要是再過來的話，我就不客氣了喔。」

「離塵……」藤原駿驚愕地伸手想要拉住正朝何曼步步逼近的君離塵，「你怎麼了？」

「啊，不要啦，不要把我毀容。」何曼被逼到角落裡，蹲到地上，死死地捂住自己的臉，「你要打就打身體好了，不要打我的臉。」

「妳給我起來。」君離塵一把把她拖到自己面前。

「啊——」何曼發出一聲慘絕人寰的尖叫。

藤原駿忍不住捂住了自己的耳朵。

「妳說，妳認不認識一個叫君懷憂的人？」君離塵在尖叫停止後，沉聲質問著她。

藤原駿想再次拉住他的手臂驀地僵在半空中。

「不認識不認識不認識，人不是我殺的！」何曼淒厲地否認。

「什麼殺了？誰被殺了？」君離塵抓住她的肩膀一陣猛搖，「妳給我說清楚，聽到沒有？」

「啊啊啊，謀殺啊！光天化日，你居然敢謀殺絕世美女，天理何在！」何曼的聲音越發尖銳，「不要啊，我的智齒還沒長齊，還沒嫁人，今年最新款的包包也還沒買到！」

君離塵突然停下了搖晃她的動作。

過了一會，異常的安靜讓何曼睜開眼睛，看見這個剛剛還像是人格分裂殺人犯的男人靜靜地盯著她，眼睛裡充滿了莫名的情緒，讓她的心突然緊了一下。

「妳告訴我好不好？」那聲音低低的，帶著沉沉的壓抑。

「什麼……」她不解地問。

「妳認識一個叫君懷憂的人，對不對？」

她直覺地搖了搖頭，看到那雙沉靜的眼睛裡又開始凝聚風暴。

「我沒有騙你，我真的不認識這個人。」她連忙解釋。

「妳胡說，他認識妳，他說他認識妳的，就是他對不對？真的是他對不對？」

「你在說什麼，我怎麼聽不懂。」何曼又緊張起來，「我跟你說，我的指甲花了三個月才留到這種均勻的長度，我又花了好久的時間保養……咦？」

君離塵只看見她朝自己伸出手，隨後脖子突然一緊。

「這個怎麼會在你這裡？」何曼的神情又是一變，「這個怎麼會掛在你身上？我們家阿秋呢？你把他怎麼樣了？」

君離塵低下頭，看到她的手裡，握著一塊瑩白的玉佩。

「這是我的。」他回答，「它一直掛在我身上。」

「胡說，這是我們家阿秋的寶貝，他一直掛在胸口，從來就不離身。」何曼一把抓住他的衣領，凶狠地質問，「怎麼會在你這裡？你給我說清楚！」

「這的確是我的。」君離塵瞇起了眼睛。

「你騙人，你居然敢騙我這樣的美女？」她兩手一起死死拉住君離塵的衣領。「這個是我撿到的，上面寫著『君莫離塵』四個字，對不對？」

「不是。」

「啊？」她瞄了一眼，「還敢說謊，明明就是……啊？」

她再一次仔仔細細地看了看。

「明明就……」她看了半天，終於分辨出不同的地方。「這些字怎麼不大一樣？」

「妳說的，是不是這個？」

另一塊玉被放到了她的面前。

「就是這個。」她眉毛一抬，「你們到底把他怎麼樣了？他的身體不太好，就算你們只是隨便欺負他也會出人命的。」

君離塵一用力，甩開了何曼抓住他領口的手。

「離塵，你要去哪裡？」藤原駿冰冷的聲音在他身後響起。

君離塵沒有回答，他的手用力握住了胸前的那塊玉佩。

「不要去，離塵。」

君離塵沒有回頭地——往地上倒去。

「離塵！」藤原駿連忙衝過來扶起他，然後轉過頭不解地問，「妳為什麼要打暈他？」

「奇怪，不是你叫他不要走的嗎？」何曼一臉無辜地收回了手刀。

「我沒有讓妳打量他啊。」

「好了，你還是不是男人？怎麼這麼婆婆媽媽的？」何曼哼了一聲，撥了撥頭髮，「今天不解釋清楚，任何一個有謀害阿秋嫌疑的人都不許離開這間屋子一步。」

「妳憑什麼……」

「不憑什麼，就憑你絕對打不過我。」何曼挑了挑眉毛，笑得有些囂張。「還有窗戶外面那個灰衣服帥哥，我勸你也不要亂動喔。」

「妳到底是誰？」藤原駿的臉色開始由青轉黑。

他剛問完，只看見一道寒光閃過他的眼睛。

何曼不知什麼時候來到了大廳的另一邊，客廳供桌上用來裝飾的長刀已經被她拿在手裡，刺穿了紙製的格窗，閃耀寒光的刀鋒在正冒著冷汗的鼻尖前停下。

「都說了不要亂動。」何曼歪了歪頭，冰冷的光芒映在她的臉上。

「妳是誰？」藤原駿又問了一遍。

「看了還不知道，當然是絕世高手啊。」何曼氣勢十足地回答，然後突然大叫，「啊啊啊，我的指甲斷了，我剛剛才修剪好的！」

# 南柯奇譚

NAN KE QI TAN

## 第八章

自從與君別離後，夜夜低首不望天。

現在，卻是不論抬頭或低頭，不論烈日還是明月，都看不見了。

為什麼會走到了這一步呢？

最錯最錯的，就是當年沒有忍住動了心，就算早知道只能是一場悲劇，也還是沒能夠躲過，還是被他占滿了心緒。

對現在的情況來說，這是最好的選擇。可是勸說了自己這麼久，他心裡的怨恨居然沒有消減半分。

當年就算獨自流落在陌生的世界，他也沒有太過慌張，更是從來沒有失去希望。但是現在，他卻變得怯懦而退縮。

那種不顧一切的盲目就像某種會傳染的病毒，從君離塵那顆激烈執著的心傳染給了自己。

相處的時光加起來如此短暫，卻不知道為何讓人念念不忘到了這樣的地步，而且還……算了，現在也容不得後悔，再多想也是無益。

「離塵。」他坐在天臺的長椅上，抬頭仰望著星空，微笑地念著這個名字，「君離塵。」

漫天的星光倒映在他沒有焦距的眼裡，折射出淺淺水光，上天像是睜著千百萬雙眼睛，亙古不變地靜靜俯視著這世上生靈的悲喜哀愁。

遠遠站著的月川蝶已經不忍再看，把頭轉向一邊。這時，有一道暗色身影閃過她的眼角，她抬起頭，驚訝地看著那人悄無聲息地越過自己，走向獨自坐著的厲秋。

她愣住了，然後酸澀一笑，轉身離開。

這裡已經沒有她的位置，或者說，他們之間，從來沒有過別人的位置。

儘管沒有聽見聲音，厲秋還是感覺到有人靠近。

「是誰？」他輕輕地問，「是妳嗎，赤蝶？我不是說只是上來坐一會，馬上就回病房的。」

來人沒有應聲，看來應該是在生氣。

「護士小姐跟我說，今天晚上天氣很好，有很多星星，我就想上來看看，坐一會也行。」他抬頭遙望著天上，臉上溢滿溫柔的笑容。「不知道看不看得見北斗星啊。」

「看得見，能看得很清楚。」有人回答了他。

他的笑容僵在臉上，心臟猛然靜止了下來。

「每一顆都能看得很清楚，搖光、開陽、玉衡……」

「是你……」這一刻，厲秋覺得自己如在夢裡，輕聲問著，「是你嗎？」

「是我。」那個絕不容他錯認的聲音這樣回答，「不然還會是誰呢？」

「我……」

「你知不知道我有多生氣？」君離塵看著他，「你到底知不知道當年你把我傷得多重？」

厲秋張開嘴，卻說不出話來。

「結果過了這麼多年，你還是像當年一樣，對我做出了這麼殘酷的事情。」君離塵走到他的面前。「你以為只要我不知道你死了，只要我不知道你看不見我、聽不見我，你就能永遠擺脫我了，對不對？你真的這麼恨我，這麼討厭我嗎？」

「不是！」他猛地一震，「不是這樣的！」

「那是什麼樣的？」君離塵從高處銳利地盯著他，「為什麼要這麼麻煩？為什麼要為了我這個令人怨恨的人花費這麼多心思？真的想要我遠離你，也許只要一句話就足夠了。」

「不是的……」他的臉上一片慘白，嘴裡說著破碎的字句，「我不是要傷害你……」

「你說不是，但其實你心裡很清楚，能傷害我的，一直都只有你。」君離塵的眉宇間充斥著冷酷。「你應該高興才對，我這一生唯一的弱點一直被你掌握在手上，在天地之間被拋執著。就算到了今天，你完全變成了另一個人的模樣，以完全陌生的姿態靠近我，還是一樣把我的心攪亂得分不清方向，分辨不出是非對錯。」

他突然覺得心頭一片冰冷，忍不住把身體蜷縮起來。

「你大概已經忘了我是什麼樣的人，就算是你也不該這麼對我，何況這一次你做得如此徹底殘忍，讓我都找不到任何藉口。」君離塵漠然地看著他。「告訴我，如果你是我，你會怎麼做？」

「不值得的。」厲秋環抱著自己，做出防禦的姿態。「我對你來說，終究只是一個虛無縹緲的憧憬。你只是從我身上尋找著從沒有過的親情，你希望有這樣一個人能夠全心全意地對你，要他的眼裡只有你，要他給你足夠的溫暖。那個人是不是我，根本就不重要。」

「你明明知道這只是你的藉口。」君離塵的聲音忽然溫和起來。「這只是你把我雙手送給別人的藉口。」

「我們真正相處的時間有多久？一年？還是兩年？」厲秋緊張地嚅唇

發白。「更久的時間裡，我們一直分別，一直天各一方，毫無對方的音訊。我們相處的時間，甚至不及你和藤原駿相識的時間來得長久。你對我的執著，也許只是私心得不到的渴望，就像你當年對皇位的執著……」

「別這樣。」君離塵壓低了音調，「不要再惹我生氣了。」

厲秋緊緊咬住嘴唇，任由鮮豔的血色從唇齒間流了出來。

「你說完了對不對？是不是輪到我了？」君離塵單膝跪在地上，和他平視著，「我不知道你會怎麼想，也不知道這些是不是事實，我只知道你對我來說，是不可替代的，任何人或任何的東西都不行。」

「可是……」

「你聽我說完。」君離塵打斷他，「我還記得，看見你從宮牆上跌落的那一刻，我的腦中有一個聲音在說：什麼都沒有了，要是他不在了，我就算當了皇帝又有什麼用？我到底想證明什麼？我到底是為了什麼？」

厲秋渾身一顫。

「也許在我心裡，真的相信在那一刻你就已經死了，可是看見藤原駿的那天，我看著他被人追殺，從樓上摔落下來，你知道嗎？當我看到那張臉，就像是看見當年你落下宮牆的那一幕，我怎麼還會質疑韓赤蝶所說的『但能求得來世』？」君離塵用手指為他擦去滑落到下顎的血跡。「我不願再錯過，也不能再錯過了。所以就算知道他來歷不明，可能不懷好意，我也顧不了那麼多了。因為那是『君懷憂』，是我沒辦法再一次錯失的你啊。」

他感覺到君離塵溫熱的手為自己擦掉血跡，分開了自己緊緊咬合著嘴唇的牙齒。

「雖然我總是覺得這個人很陌生，但我拚命告訴自己，那是轉世後忘記了一切，你只是不記得了。」君離塵低著頭，看著指尖上鮮豔的痕跡。「我告訴自己，雖然沒有記憶，但我還是會把他當成你來看待。可是也不知道為什麼，我的心裡一直是空的，就像從來沒有找到過你一樣。事實上，我也真的從來沒有找到過你。」

一滴淚水從他空洞的眼睛裡滑落，沖淡了君離塵指尖濃稠的血色。

「然後，你就像當年在聚華樓那樣落進了我的懷裡，卻不再是君懷憂的樣子。我不是沒有懷疑，但又覺得不可能。明明我們已經在那麼多年之前死別，如果我猜錯了又該怎麼辦？」

厲秋感覺到那溫熱的指尖落到了自己的左手腕上，用極輕的力道撫過那些猙獰醜陋的傷疤。他狼狽地想要躲閃，卻根本無處可逃。

「也許我的靈魂早就把你認出來了，我夜復一夜做著失去你的惡夢。我彷徨疑慮，在想該用什麼方法才能確認。」君離塵緊緊地抓住他的手腕。

「而你根本沒有給我機會，連一點懷疑的機會都沒有留給我，你徹底迅速地和我劃清界線，甚至毫不猶豫地把我送給別人。」

「我不是……」他看不見，卻能感覺到君離塵壓抑在平和外表下那滔天的怒火。

「你知道我在生氣，對嗎？」君離塵感覺到手掌中的纖細手腕微微發抖。「你太瞭解我了，你太瞭解自己在我心中的重量。從當年的那一杯毒酒到今天那一齣鬧劇，明明處處都是破綻，我卻還是被你蒙住了眼睛，看不見近在咫尺的真相。」

厲秋閉起眼睛，想要抑止住即將傾洩而出的淚水。

「你後悔了嗎？告訴我，你有沒有後悔過？你有沒有覺得隱瞞是對我最殘忍的選擇？」君離塵一把抓住他的肩膀。「你告訴我你是愛我還是恨我，你是希望我恨著你，痛苦一生；還是被你蒙著眼睛，過完這偷來的歲月？你就真的甘心把我留給一個別有用心的陌生人？你就不怕我失去了你，再也沒有活著的意義？」

「夠了，君離塵。已經夠了，你不要再說了。」他雙手捂住頭，強忍的眼淚再也止不住地流了出來。「好，我告訴你，我很後悔，我不甘心，我很害怕，可是我沒有辦法。我曾經想，要是真的有來生，要是真的遇見了你，我一定要陪在你身邊。就算你再怎麼趕我走，我也不會再逃避，也不會再猶豫。可是……」

眼淚瘋狂地滾落下來，轉眼他已經淚流滿面。

「我總以為你會實現自己的願望，那我也算沒有平白死去。然後我醒了，我回到了千百年後，再也沒有你的地方。我找來史書，看見了那一句『車裂於市』。我想不通，我不明白，為什麼會變成這樣呢？」他把眼睛睜開，君離塵的臉映在其中。「為什麼你的七年，不過是我的七天？為什麼我的南柯一夢，會讓你不得善終？我憑什麼左右你的人生，然後轉身就回到了自己的世界，過著沒有任何改變的生活？你四分五裂的模樣總是出現在我的腦海裡，於是我瘋了。」

他笑了出來，帶著眼淚，笑得有些瘋狂。

「我知道自己得了絕症，可是我不在乎，所有的人都說我是因為這種病所以才會發瘋，只有一個人例外，她說，她叫韓赤蝶。」那笑容慢慢沉澀在他的嘴角，變成了苦澀。「你知道她為什麼那麼害怕？你知道她為什麼就算要隱瞞我的病也在所不惜？你知道她為什麼就算刺傷自己的哥哥也要為我守住這個祕密嗎？因為她見過我用能找到的、一切鋒利的東西劃開自己的手腕，我曾經那麼多次差點在她眼前死去。她知道只要我打開關著祕密的盒子，不論答案是什麼，我都無法承受。」

君離塵的手從他的肩膀上滑落下來，他像失去支撐，倒在了椅背上。

「她為我關上那個盒子，加上了鎖。我看起來就像擺脫了惡夢，回到正常的生活。我有和睦的家庭，體貼的愛人，平靜的人生，就算是死亡，也因為遺忘而開始變得溫和遙遠。可是誰能想到，殘忍的命運原來在後面等待著我。」他的聲音開始變得縹緲起來。「你以為你完完整整地站在我的面前，我真的無動於衷？你以為你對他的珍惜，我真的能夠承受？我的心劇烈跳動，根本無法忍受。可是每一次我要說出口的時候，就彷彿有人在對我說，要把這祕密永遠隱瞞下去。因為君離塵已經擺脫了宿命，我不能再把你拖進這個永遠不會醒的惡夢裡。」

君離塵凝望著他，看著他又哭又笑地說著這些近乎瘋狂的話。

「我一定要保持沉默，不只是為了你，也是為了我自己，我想毫無牽掛地離開，我不想再讓你看見我痛苦死去的模樣。我希望留在你心裡的，是那個瀟瀟灑灑、毫無顧忌的君懷憂，而不是這個已經支離破碎、宛如鬼魅的厲秋。其實我一直都是膽小自私的人，就只知道逃避。」他又笑了。「我能看出來，藤原駿對你有著不一樣的感情，就算他來歷不明，可能不懷好意，但你可以忽視他的目的，把他留在身邊，總是對他有一點信任的。我告訴自己，總有一天，你的眼睛裡不會再有君懷憂的影子，你可以看見這個人的心意，你終會被他打動。只要推你們一把，就可以打破這種僵局，只要你把目光真正地放到他的身上，只要你更專心地看著這個人，就一定可以……」

他捂住嘴，大笑起來。

「我這麼做了，卻一點都開心不起來，我嫉妒得快要死掉了。你看，我果然很小氣呢。」他笑得有些氣喘。「我假裝大方，連我自己都覺得自己是這個世界上最偉大、最慷慨的人了。我走在那條漆黑的地道裡，無數次停下來，差一點就要轉過身。我一邊走一邊詛咒自己，像我這樣的人，根本配不上你。死了最好，死了最好啊。」

他又突然停下笑意，表情嚴肅，用一種平靜又可怕的語氣問。

「離塵，你是不是覺得，我真的瘋了。」

# 南柯奇譚

NAN KE QI TAN

## 第九章

君離塵長長地嘆息了一聲。

「懷憂，我可以這麼叫你嗎？不是君懷憂，就只是懷憂。我還是習慣這麼叫你呢。」君離塵低沉又溫柔的聲音在他耳邊響起，「懷憂，別哭了，好不好？」

他顫抖著嘴唇，指甲深深地掐進掌心。然後立刻地，他冰冷的手就落進了一雙溫暖的手裡，被平展開來，手指被那人緊緊地扣住。

「離塵……」他深深地吸著氣，「你不恨我嗎？」

「我應該恨你嗎？」

「應該，你應該恨我，你這一生最厭惡的就是被欺騙，你會難過，你會惱怒，你會覺得我是個傻瓜，你會再也不想看見我了……」

「除了覺得你是個傻瓜這一點之外。」君離塵微微一笑，「我是很生氣，我剛才在趕來的路上，都覺得自己快被你氣死了。可是我看見你還好好地坐在這裡，好好地邊看星星邊喊我的名字，我就在想，幸好還來得及，這一次我終於來得及追上你，沒有讓你這個膽小又自私的騙子偷偷跑到我不知道的地方。」

「離塵……」

「我要是不想再看見你，我又為什麼要來呢？就算我非常生氣，就算快氣瘋了，也還是急急忙忙趕了過來。我本來想罵你一頓，不過看見你哭得這麼可憐，我又不忍心了。」

「為什麼……為什麼你不罵我？為什麼你不恨我？」

「因為當年服下『離恨大香』的時候，我對自己說過，要是我再一次找到你，絕不會再犯同樣的錯誤。不論你對我做了什麼，我都不會再讓怨恨蒙住自己的眼睛。如果你真的騙我，那就讓你騙好了。只有一點，我只要你好好活著。所以我雖然很生氣，卻絕對不會恨你，要說再也不見，你就別想了。這次就算要把你綁著，我也不會給任何人把你從我身邊帶走的機會。」

「你不是很生氣嗎？」厲秋有些慌張地想要抽出手指，卻被君離塵緊緊抓住，動都不能動。

「我是在害怕。」君離塵的笑聲裡居然帶著輕微的顫音，「你看你的手，你看你把自己折磨成什麼樣子？我都快被你嚇死了，哪裡還有時間生氣。」

「因為……」

「因為你是個傻瓜，居然不相信我會來找你，非但不乖乖等我，還把身體毀成這樣。你果然生來就是為了折磨我的，對不對？」君離塵的指尖輕輕地落在他腕間的傷痕上，像是擔心觸痛了那些早就癒合的傷口。「你不痛嗎？要是換成我，想一想都感覺十分疼痛，哪敢真的割下去。」

「是我自己割的。」他整個人都傻掉了，只能呆呆地說。

他說的這句話，讓君離塵笑了出來。

「要是別人割的，我早就把他剝皮拆骨、碎屍萬段了。」君離塵嘆了口氣，「懷憂，你果然是個傻瓜呢。」

他愣愣地，眼角的淚又流了出來。

「怎麼又哭了？你怎麼變得這麼愛哭？」君離塵邊嘆氣邊伸手幫他擦掉眼淚，「你以前總在我面前說你是大哥，突然變得像個孩子，我還有點不習慣呢。」

「離塵。」他身體前傾，把頭靠在君離塵胸前，「你不要對我這麼好，我會……我會捨不得的……」

「誰讓你捨了？誰允許你捨了？你有沒有問過我？」君離塵伸出手，把纖瘦的身子摟緊，「我告訴你，從現在開始沒有我的允許，如果你敢再隨隨便便把我丟下，我不會原諒你的。」

「離塵……」他把頭枕到君離塵的肩上，「你才是傻瓜。」

「是啊，我早就傻了，從那一天你喝醉了落進我懷中開始，我就和你一起變成傻子了。」

「一對傻子。」

「兩個傻子。」

通往天臺的樓梯口，在一起偷看的兩個人發出嗤之以鼻的聲音。然後同時轉頭，想要和所見略同的英雄好好認識一下。

明亮的月光裡，兩個一起趴在這裡很久卻沒來得及看清楚對方的人對看了一眼。

兩人同時一愣，然後一個笑了起來，另一個卻臉都白了。

「大大大大大……」臉色發青的人顫抖著嘴唇喊道，「師師師師師師……」

「咦？不過幾年不見，連話都不會說了嗎？」何曼抿著嘴唇。

「大大大大師姐……」舒煜結結巴巴地說完。

「乖。」何曼撩起捲髮，「絲瓜，多年不見，有沒有想念我啊？」

「有……」最好是有！

「你又在心裡罵我了？」何曼湊了過來，精緻的臉看上去十分恐怖。

「不不不，我哪哪哪哪裡敢……」舒煜快哭了。

「那你到底有沒有想我？」何曼一臉開心地問。

「絕對有，一定有，肯定有。」他這次毫不遲疑地流利回答，「我天天都在想妳。」

「天天都在想我？」何曼挑起眉毛，「沒想到你這傢伙膽子這麼大，居然敢暗戀我？」

他腳下一軟，差點摔下樓梯。

「嗯，其實你的大師姐我，在感情方面是很專一單純的人。」何曼捲著自己的髮梢，有些煩惱地說，「雖然你暗戀我讓我很感動，可是抱歉，像你這樣的絲瓜不是我喜歡的類型。」

「大師姐，不要總是拿菜市場的東西來稱呼我們……」還好這次不是海參，絲瓜應該比較可愛一點……吧？

「不過現在想想，也只有你比較可愛，其他那幾個不是冷凍雞翅就是乾香菇，一點都不新鮮呢。」說完，何曼煞有其事地把他打量了一遍。

「大大大大師姐……妳想幹什麼？」

「雖然你看起來挺年輕的，不過好像只比我小幾個月吧？」

「不不不不，我一點都不可愛。雖然其他師兄弟看起來不新鮮，可是乾貨的保存期限比較長啊。」他一邊說，一邊慢慢往下面的臺階移動。

「絲瓜，你叫什麼名字啊？」何曼皺著眉頭開始苦思。

「我叫什麼不重要，一點都不重要，大師姐妳還是叫我絲瓜就好了。」

非常親切，完美。」他繼續笑著，又往下移動一層。

「啊。」何曼打了個響指。「我想起來了。」

他幾乎立刻轉頭狂奔，速度之快，猶如離弦之箭，更似天上流星。

只可惜，何曼只是揚手丟出一只髮夾，就將他定在原地。

髮夾擦著他的臉頰飛過，割斷了他一縷頭髮，最後釘在了前面的牆壁上，正好刺中趴在上面的一隻壁虎。

舒煜悲憤地看著那隻壁虎甩掉被釘住的尾巴，一溜煙跑掉了。他思考著自己為什麼不能斷尾求生，不然就算斷手斷腳，也要先逃為上啊。

他咬了咬牙，轉過身來面露微笑，走到何曼面前恭恭敬敬地喊：「大師姐好。」

「我想起來了，你叫『舒欲』對不對?舒是舒解的舒，欲是欲火焚身的欲，對不對？」

「不是。」舒煜聲音微弱地辯駁著，「是日以煜乎晝的煜……」

「魚嗎?沒想到你居然不是素菜，那以後我就叫你的本名好了。」何曼一臉很好說話的樣子。

舒煜正要解釋，何曼已經回過頭看著那扇通往天臺的大門。

「魚啊。」她輕聲地嘆了口氣，「我本來以為我們已經很淒涼了，沒想到阿秋的命運比我還要悲慘。」

「大師姐，其實師父也沒有辦法，妳知道我們朝暮閣……」

「閉嘴。」何曼目光一冷。「你要是再說一句垃圾門派或那個死老頭，就別怪我不客氣了。」

舒煜只能無奈地嘆了口氣。

「真的不能為他們做點什麼嗎？」何曼跟著嘆氣，放軟了聲音對他說，「阿秋就像我唯一的兄弟。魚啊，你肯定有什麼能救他的藥，快點拿出來吧。」

「不是，大師姐妳誤會了，我是專業醫學院畢業的醫生。」舒煜忍住了臉上的抽搐，和顏悅色地向她解釋。「我當年下山就重新讀書，成為醫生是依靠天賦和努力。」

「什麼？你沒有從山上帶藥下來？」何曼捧住臉，大驚失色地叫道，「山也封了，我要去哪裡找藥？」

「師姐妳也不是不知道，當年封山封得那麼突然，大家連隨身的東西都沒拿，我怎麼可能帶什麼藥出來？」

「我們都已經被逐出師門了，你幹嘛一直喊我師姐？」何曼蹲在臺階上，陷入了徹底的沮喪之中。「我剛看到你，還以為天不絕阿秋，結果這就是命運惡意的捉弄嗎？」

「大師姐，現代醫學其實很發達，我可以……」

「可憐的阿秋，在花一樣的年紀就要死了。」

「我很擅長腦部手術，所以大師姐妳可以把他……啊！」舒煜發出了短促的叫聲，從樓梯上摔了下去。

何曼收回了踢出去的腳，喃喃地說了一句：「看來只能去找那個傢伙了。」

這一夜，厲秋睡得很不安穩。

他夢見了一些很奇怪的事。

他夢見了清遙。

清遙穿著一件暗灰色的衣服，攏著袖口低著頭，獨自坐在一棵梨花樹下。白色的梨花一朵一朵落下，落到了清遙的身上和頭上，竟然慢慢融進了他的衣服和頭髮，不過一會，他的衣服就像被印上了朵朵宛如梨花的白紋，頭髮也變成雪白的顏色。可是清遙卻依舊一動也不動地坐著。

他們之間隔著一條大河，任他怎麼喊，聲音都傳不到對岸。眼看花朵越落越多，清遙都快被白色淹沒，就在他焦急地想要踏進河裡前往對岸的時候，卻被人一把拉住了。他回過頭，看見君離塵正對他搖頭。

「那是清……」

他的嘴被一把捂住，再也發不出聲音。

焦急之下，他醒來了。

醒來的時候，他覺得呼吸有些困難，有人捂住了他的嘴，然後他聽見那人輕聲說：「不要叫，我不是想要傷害你。」

他認出了這個聲音，心裡吃了一驚。

「你不會叫的，對嗎？」那個人問他。

他慢慢地、謹慎地點了點頭，那個人才放開手。

一旦可以出聲，他立刻追問：「他呢？你沒有……」

他聽見那個人搬了張椅子過來，坐到他的床邊。

「他不在，大概是趁你睡著，和那些人商量事情了。」那個人平靜地告訴他。

「藤原先生。」他謹慎地問，「你來找我，是不是為了……」

「我有過很多猜想，也不是沒有想過這個可能。」藤原駿雙手交握撐在顎下，目光深遠地看著床上一臉蒼白的人，「不過，我實在很難想像，這個世界上居然會有這麼神奇玄妙的事情。」

「我知道，我做了很過分的事情。」厲秋盡可能平和地說，「可是現在，恐怕我再怎麼道歉都於事無補，你再怎麼怨恨我，我也沒辦法改變事實。」

聽見他這麼說，藤原駿居然笑了。

「你誤會了。」藤原駿笑著說，「雖然你的確欺騙了我，不過我不是來和你算帳的。」

雖然早就知道藤原駿絕不是表面看起來這麼單純的人物，可是厲秋一時之間也猜不出他的目的，只能保持沉默。

「其實騙不騙我也無所謂，大家都沒說實話，算是扯平了。」藤原駿嘆了口氣，「果然不能說太多謊呢，連生氣都覺得自己沒什麼立場。」

「那你為什麼來找我？」厲秋坐了起來。

「在這之前，我要向你坦白，我那天跑去找你說感懷身世之類的話，並不全是真的。」藤原駿的語氣裡有些無奈，「我雖然出身不好，不過混混倒不至於，我是以販賣祕密維生的商人。」

「販賣祕密？」

「有人想知道『君先生』的來歷，所以我就意外遇上了他。多虧了我這張臉，讓接近他這個最困難的部分變得輕而易舉。」

「你是說，有人雇你調查離塵？」厲秋疑惑地問。

「是啊，不過……」藤原駿忍不住摸了摸自己的臉，問他：「我和君懷憂，真的有那麼像嗎？」

「很像，連細節都太像了。」他回答道，「如果不是這世上不該有人知道君懷憂的長相，我會以為你是做了整形手術把自己變成這樣的。」

「是啊，怎麼會有人知道。」藤原駿和他四目相對，然後笑了一笑，「君離塵雖然因為這張臉對我十分溫柔，不過他對過去的事情始終諱莫如深。我想盡辦法也沒有探聽出他的來歷，可是最後你的出現，卻讓這件所有人絕口不提的祕密開始洩漏蛛絲馬跡。」

「你的目的，真的只是離塵的來歷嗎？」

「也許月川紅葉掩飾得很好，只是這世上沒有不透風的牆，他也沒有仿效那條祕道的主人殺了所有參與探測地宮的人員，又怎麼能保證祕密絲毫不被洩漏出去？」

「你為什麼要和我說這些？」厲秋放在被子下的手緊緊抓住床單，「你對離塵還是動了感情的，是嗎？」

「我不是說了，沒有人能對那樣的溫柔無動於衷，不過我還有一句沒說。」藤原駿抬起頭，看向半敞開的陽臺上，那些層層疊疊、在夜色裡飛舞的白紗窗簾，「從我帶著目的刻意接近他的那一刻開始，我就註定不敢賭上全部的心意。」

說完，他把手裡一直拿著的東西放在厲秋的手上。

# 南柯奇譚

NAN KE QI TAN

## 第十章

溫暖中帶著微微的寒意。

「這是……」厲秋一愣，沿著輪廓摸索著。

「還給你。」藤原駿灑脫一笑，「這本來就是你的東西，今天我來見你就是為了歸還這個。」

刻著古老篆文的玉佩，還帶著藤原駿手掌的餘溫。

「藤原先生……」

「你不用安慰我，我並沒有像你想的那麼傷心。」藤原駿站了起來，「如果要我拚了命保護他，我也許能做到；可如果有一天，在那雙寫著『我愛你』的眼睛裡看見『我恨你』，我絕對不能忍受。你為他做的，已經超過了我對情愛的理解，所以我輸得心服口服。」

「可是，如果你就這樣走了，你的雇主不會對你不利嗎？」厲秋聽出他想要離開的腳步聲，大聲地問道。

「這一點你不用擔心，我們這一行對於職業道德的要求沒那麼高。」

藤原駿背對著厲秋揮了揮手。「而且我留下來，可能會更加危險。」

說完，他也沒說再見，就這樣徑直走了。

「離塵。」等腳步聲消失，厲秋輕聲地喊道。

白紗窗簾被拉開，黑色的人影從陽臺外走了進來。

「你知道我在？」君離塵走到他的身邊。

「嗯。」他點了點頭，把手裡的玉佩遞給君離塵。

「好了。」君離塵幫他把玉佩戴到脖子上，微笑著說，「再睡一會吧，現在才兩點。」

「我睡不著。」他仰起頭，「離塵，我們去天臺好不好？」

「好。」君離塵點頭答應了。

「離塵……」他躺在長椅上，裹著又厚又暖的毯子，頭枕在君離塵的腿上，「如果我說我不想動手術呢？」

「你決定吧。」君離塵靠在椅背上，用手指幫他梳理頭髮。

「離塵，我覺得藤原駿的來歷好像有問題，他沒有說實話。」

「我會讓人盯著的。」

「離塵，我想去看看清遙他們。就算找不到墳墓，我也想去以前的地方看一看。」

「我帶你去。」

「離塵，你不要每次看見蝶和紅葉就把他們當成仇人一樣，害他們都不敢來看我了。」

「我知道了。」

「離塵，我最近都不想走路了，所以你要一直背著我。」

「好。」

「離塵，我聽見那些護士一直在談論你，你以後把臉蒙起來好不好？我不喜歡你一直被別人盯著。」

「嗯，等一下就蒙起來。」

「離塵，是不是不論我要求什麼，你都會答應？」

「是啊，你想要什麼？」

「離塵，幸虧你沒有當上皇帝呢。」

「為什麼？」

「我要收回當年的話，要是你當上皇帝，一定會是歷史上最最昏庸的皇帝。」

「是啊，還好我沒有當上皇帝。」

厲秋笑了出來，慢慢閉上眼睛。

「離塵，都過去好久了。」

「嗯。」

「只有我們兩個人還在啊……」

君離塵沒有說話，只是伸手把他攬進懷裡。

「離塵，你還記不記得，那天晚上在觀星臺，我沒聽完你說的那些關於天文的知識就睡著了？」

「記得，你沒一會就睡著了，還睡得很沉。」

「那你繼續跟我說好不好？我上次都沒有聽到多少。」

「好啊。」君離塵抬頭看向夜空，「我上次說到哪裡了？嗯……好像說到南天星宿了，如果是南面的話，這個季節最明亮的就是……」

他聽著君離塵低低沉沉的說話聲，忍不住打了個呵欠。

君離塵看見了，忍不住加深笑意。

他枕在君離塵暖和的胸口，意識漸漸地飄遠。

君離塵停下說話，幫他裹緊了毯子，才開始繼續說。

「離塵……」過了很久，君離塵突然聽見枕在他胸口的人問他，「護士小姐告訴我，今天晚上雲層很厚，天上一顆星星也看不見，你是不是亂說啊，不能趁我看不見，就隨隨便便哄我的……」

他從馬車上下來，門房立刻過來為他打傘，他站在傘下，拍打著身上的積雪。

「大家都回來了嗎？」他問。

「回大少爺，大家都回來了。」門房笑呵呵地說著。

「那就好。」他往門裡走去，沒走幾步，就看見有人迎了出來。

「爹。」清遙穿著一件白色梨花紋的衣服，笑著站在他的面前。

「清遙你也回來了啊。」他打量著已經比自己還要高一些的清遙，笑著問，「你最近過得好嗎？」

「很好。」清遙微微一愣，然後抿嘴一笑，在花白髮色的映襯下，有一種說不出的風姿。「爹你放心，爹說的每一句話我都記得很清楚，所以我過得很好。」

「你一個人在外面住我們都不放心。」他也回以微笑，「不過，孩子大了，哪裡還能管得住。別記掛家裡，你自己過得開心就好。」

「嗯。」清遙點了點頭，和他一起往大廳走去。

大廳裡，女眷們正在準備明天一早酬神還願的東西，素言眼尖看見了他們，立刻走了過來。

「回來啦。」素言接過他脫下的斗篷，對他說，「大家都到了，過會就能吃團圓飯了。」

「大哥。」正在長桌後寫春聯的莫舞抬頭喊他，站在他身邊的韓赤葉也笑著打了招呼。

韓赤蝶坐在女眷們中間，拿著布料往怡琳身上比畫，輕聲說著什麼，怡琳轉眼就笑了出來。

另一個角落裡，洛希微拉著藍天遠的衣袖叨叨絮絮地聊著天，根本沒注意到他進來。而藍天遠一臉冷峻，眉宇間已經隱隱約約有幾分不耐，目光和他相遇的時候，只是輕輕點了點頭。

「好啊。」他點頭，環顧了一下四周，「大家都回來了？」

一時間，所有人的目光都集中到了他的身上，大廳裡瞬間變得靜悄悄的。

他微微一笑，說：「我回來了。」

大家圍坐在圓桌旁，喝著醇酒敘著離情。天色暗了下來，眾人歡笑的表情已漸漸看不太清楚。只見廳外喊了一聲「掌燈」，眼前轉眼間又明亮起來，眾人帶著某種傷感的表情落進了他的眼裡。

「爹。」清遙對著他說，「該走了。」

他環視著這些或溫柔或神傷或淡然的人們，臉上露出了依依不捨。

「他已經等了很久了。」清遙笑著搖頭。「再不回去，他不知會有多生氣呢。」

他心神一動，眾人朝他露出了了然的微笑。他反倒有些赧意，卻還是站了起來。

眾人簇擁著，把他送到門口，馬車已經在候著了。

「相公。」素言為他取來斗篷，遮了過來，「前路漫漫，多加珍重。」

「大哥。」莫舞拉著他的手，「你別太委屈自己了。」

韓赤葉跟著說：「希望有朝一日，還能和大哥把酒長談。」

「厲公子。」韓赤蝶接了下去，「恭喜你，終於守得雲開。」

「相公啊。」怡琳狀似無奈地嘆了口氣，「我可不說什麼『一路走好』之類的話，你不要走才好。」

話剛說完，立刻就被素言拉到一邊。

「我只是說說，就算我肯，也有人不願意啊。」依稀聽見她對素言這麼念著。

「懷憂，那傢伙究竟有什麼好的？我好捨不得你啊，你就不要回……」洛希微話還沒說完，就被藍天遠一把捂住了嘴，下面的話頓時變成「嗚嗚啊啊」的呻吟。

「保重。」藍天遠簡單地說了兩個字。

他一個一個應了，心裡有些酸澀。

「爹。」清遙說，「該走了。」

「清遙。」他伸手揉了揉清遙的頭髮，滿意地看到清遙愣住了，「你不快樂啊。」

「爹……」清遙低下了頭，神色間一片茫然無措，「沒有……」

「我怎麼會不知道呢。」這孩子個性又硬又倔，和離塵倒是相似。「真是的，我都不知道自己把你教得這麼死板。」

「對不起，爹，我只是……太傻了。」清遙抬起頭，眼裡滿是歉意。

「誰說我家清遙傻了。」他微笑著說，「你又沒做錯什麼，為什麼要道歉？你就是太愛鑽牛角尖了，我也勸不動你，只是凡事不要太過，點到為止吧。個人立場不同，對事情的理解自然也不一樣。對和錯本來就沒有什麼絕對，你別把自己逼得太緊。」

清遙沒有回話，眼眶倒是有些紅了。

他也不再多說什麼，眼角瞥見在梨花樹後，一個遠遠望著這邊的明黃身影。

他笑了出來，清遙順著他的目光也看見了，一時愣在原地。

「我要走了。」他拍了拍清遙的肩膀，抬頭和大家道別。「各位珍重，後會有期。」

馬車緩緩前行，他撩開車簾，看著眾人的臉在夜色裡漸漸朦朧。直到門前的燈籠和匾額看起來也模糊遙遠的時候，他才坐回了車裡。

閉上眼睛回想起當年的點點滴滴，他又忍不住微笑起來。

「你說，他怎麼還沒醒啊？」

這麼理直氣壯，好熟悉的語氣。

「這個……大師姐，我不是說過了，這種手術很容易……」

「很容易？那為什麼十幾天了，他還沒有醒過來？難道你動手術的時候偷偷打瞌睡了？你把紗布留在他腦袋裡了？還是不小心切掉了什麼不應該切的東西？我就知道我不該答應留在外面，應該要在裡面盯著你。」

她果然又開始蠻不講理了。

「這樣我們很難溝通。大師姐，妳不要每次話都聽一半好不好？就算妳不相信我的技術，妳也要相信自己找來的藥吧。」

「啊？頂嘴？你這條死魚給我說清楚，你是不是惱羞成怒了？你是不是恨我？你是不是因為得不到我的心因愛生恨？你……」

「夠了，你們兩個都給我出去。」

這個聲音……

「哼，這麼凶幹嘛，是不是還想嘗嘗……嗯……你以為你這個樣子很可怕啊？算了，不跟你一般見識。死魚，離瘋子遠一點，我們出去再說，我還沒和你說完。」

他聽到了忿忿然的腳步聲和拖拉重物的聲音。

沒想到張狂如何曼也有被嚇退的一天，他忍不住微微地揚起了嘴角。

「懷憂，你醒了嗎？」接著，他聽見熟悉的聲音這樣喊他，於是他睜開了眼睛，看到了那個模糊的影子。

「離塵……」他發覺自己的聲音十分沙啞。

「舒……」君離塵正要張口，卻被他拉住了衣袖。

「沒關係，我沒事，過會再找他吧。」他咳了一聲，清了清喉嚨。

耳邊隱隱約約傳來走廊上不知是誰發出的慘叫聲。

君離塵抓住了他的手。

「離塵。」

「是我。」

他感覺到一滴溫熱的液體滴到了自己被緊緊抓住的手上。

「怎麼了？」他輕聲地問。

「我以為，你要被他們帶走了。」

他用力眨著眼睛，直到視野慢慢清晰，柔和昏暗的光線裡，他看見了憔悴狼狽的君離塵。

「沒有啊。」他伸出手，用指尖梳理著君離塵額前凌亂的髮絲，「他們送我回來了。」

「算他們識相。」君離塵笑了出來，不過，配上他蒼白的臉色，實在不怎麼瀟灑。

「離塵，我回來了，這一次，不會再離開了。」

「懷憂。」君離塵顫抖著把他的手放到自己的心口，「不要忘記你答應過我的。」

「嗯，我記得。」他堅定地說，「生生世世，不棄不離。」

「生生世世……」君離塵把臉俯向他，「懷憂，是生生世世。」

他看著那張臉，看見自己在那雙烏黑瞳孔中的倒影越放越大。

「是生生世世，不棄不離。」他說。

「咦？這位帥哥醫生，你很眼熟啊。我們是不是在哪裡見過？」何曼的聲音再次傳了進來，「我們是不是在哪裡相親過？」

「大師姐，妳不要這樣……」舒煜無奈的聲音裡夾雜著呻吟，「怎麼能用這種方式搭訕？妳先把我放下來，我幫妳……」

「你給我閉嘴。」

「啊——」接著是一堆東西摔落的聲音，然後是奔跑聲，「來人啊，有殺人犯，快點報警！」

外面突然安靜了下來。

「魚啊……」何曼的聲音異常溫柔。

「不要啊——」

他終於在君離塵的唇碰到他之前笑了出來。

「該死。」君離塵挫敗地把臉埋到枕頭中。

「他們兩個真的很吵呢。」他笑著說。

「我去把他找進來幫你檢查。」君離塵站了起來，帶著一絲怨懟去解救那個在瘋女人面前一點用都沒有的傢伙。

「離塵……」

君離塵照著他的要求俯下身。

臉被拉近，溫熱的唇瓣印了上來。

只見窗外，星辰漸起。

——《南柯奇譚之長夢君歸》完

——《南柯奇譚》全系列完

# 南柯奇譚

NAN KE QI TAN

## 番外 死結

在君離塵的記憶裡，他的師父就像一個模糊的影子。

雖然師父在他成年之後才去世的，但不過幾年的時間，他已經記不起那個相處了近十年的師父究竟長什麼樣子。

他不喜歡他的師父，他的師父也不喜歡他，與其說是師徒，他們更像是靠著「師徒」的稱呼來聯繫彼此的陌生人。

他覺得這樣很好，他不需要師父的喜歡，他只需要這個師父的身分。

他的師父是當朝國師，是可以用一句話決定很多人命運的人。他知道自己終有一天會擁有這樣的權力，而且是更直接、更強大的權力。

這些念頭他從來沒有展露出來，因為他從小就知道，如果把想要的東西掛在嘴邊，你就永遠得不到那樣東西。要有耐心，等所有人知道他們贏不了你的時候，才能算是成功了，才能在所有人面前展示出你無人可及的強大。

可是他的師父卻像什麼都知道一般，不論他表現得多麼謙恭、多麼溫順，他的師父總是用那種透徹的眼神看著他，讓他摸不透這個人的想法。

他不知道師父是不是真的像世人所說的那樣，能夠列陣捉妖，通達天命，知曉過去和未來。但是這些東西，他的師父從來沒有教導過他，只是隨便地教了他一些觀星或卜卦批命的粗淺知識，教導時往往也只說一遍，說是要讓他自己領悟理解。教的人隨興，他也學得七七八八。他不信這些東西真有什麼好領悟的，不過就是在提示中尋些蛛絲馬跡，然後信口開河而已。

他這個人，本就不相信命運，至少，他不相信命運絕對不能更改。何況比起這些虛無縹緲的東西，他對史學兵法之類要感興趣得多。

在他的記憶裡，只有某一個晚上，他的師父破例和他說了很多話。那之前的十年裡，他們說過的話加起來恐怕也不及那個晚上。

那是他師父辭世前的一晚。

他被叫到了師父的書房，師父正坐著等他，看起來和平時沒什麼兩樣。

也是在那一晚，他知道了自己為什麼會被趕出君家，為什麼會被他的師父從街上帶回來，以及為什麼……來到了這個世上。

紫微入命，帝王之相，偏偏福澤綿薄，經不起這麼重的命格。

那我算什麼？

他這樣問他的師父。

你成不了千古帝王，你只是一個劫難，一個禍亂天下的劫難。

真的不能改變嗎？

他又問。

他的師父搖了搖頭。

他卻笑了。

我不信這世上有什麼是命中註定，我想要的，就沒有什麼能阻止我。誰要阻礙了我，就讓誰永遠消失，只要我不想放手的東西，始終會是我的。

他的師父沉默了很久。

然後，他第一次聽見師父叫自己的名字。

君離塵。

他的師父這麼叫他，是第一次，也是最後一次。

君離塵，有時候命運遠比我們以為的還要殘酷。也許你以為自己已經足夠冷靜，所有的事都逃不出你的掌控。可是，有些事永遠在計畫之外，不能用任何的標準來衡量。

不過，要讓你明白這些，恐怕得等你遇到了……

遇到什麼？一件事？一樣東西？還是一個人？

他的師父沒有再說下去，只是嘆了口氣，以一種奇怪的眼神看著他。

那個時候，他理解成了憐憫。

他素來厭惡被人憐憫，所以心中很是不快。

那一夜的談話，也就到此為止了。

第二天的午夜，他的師父就死了。照別人的說法，那是羽化升仙。可是他知道不是，他那個傳說中已經成仙的師父是死在了一個凡人手上。

讓屍體柔軟溫熱、栩栩如生的，不過是一種毒藥的藥性而已。

那種藥，是宮中的祕藥，叫做「七日斷魂」。顧名思義，就是服用七天過後，就會讓人死去的毒藥，是賜死皇族時才能用的極品。

毒藥，如果不是見血封喉，就不是無藥可解。

只是這種毒的解藥，普天之下，只有一個人擁有。

那個人，當然就是給他師父下毒的人。

那個人來過，就在他師父死去後的半個時辰之內，穿過整個京城，來到了他師父的房間。

那個人一如既往地衣著華麗，容光照人，連頭上的髮髻也一絲不亂，一點也不像半夜裡匆匆趕來，反倒像是早就守在門前，只等他師父一死就走進來的模樣。

那個人慢慢地走到他師父的床前，低頭看了一眼那具依舊溫熱柔軟的屍體。

死得好，死得好，你真以為死了就能一了百了？

他站得近，聽見了這句話從那個人的嘴裡說了出來。

如果你知道不會成功，卻偏偏想要，你會怎麼做？

他回過神，才發現那個人是在對自己說話。

他想都沒想就回答。

是我的，就是我的。不是我的，我想要，也仍是我的。

那個人聽了，笑得很是開心。

什麼是宿命？什麼是註定？

那個人看著他，眼裡一片張狂。

我不信，這世上會有什麼宿命。

好。君離塵，我來給你機會。

那個人同樣是第一次，也是最後一次喊他的名字。在這之前，那個人來來去去，從來沒有多看他一眼。

說完這句話，那個人就帶著隨從浩浩蕩蕩地回去了，彷彿大半夜穿過整個京城，為的只是和他說這幾句話。

第二天一早，他就受到冊封，接替他的師父，成為了那個一句話就能決定很多人命運的人。

一件改變天下人命運的大事，就發生在他受封後的第七天。

據說，那個人得了不知名的怪病，整整七天七夜，像是要把身體裡所有的血都吐得乾乾淨淨一般。

他再見到那個人的時候，屍體已經冰冷僵硬，臉上的神情卻依舊和生前一樣高高在上，一副「就算是死亡也無法阻攔我」的樣子。

傻瓜。

他當時跪在眾人之中以袖掩面，唇邊卻帶著別人看不見的嘲諷。

國喪。

不論這突如其來的天子駕崩讓其他人如何慌亂不安，他卻是滿懷激盪。因為他知道，從這一天開始，他終於站到了這個皇朝的權力中心，終於可以慢慢地，一步一步實現他的願望。

一切，都在向他的目標前進，慢慢地、一步一步地越來越近。

在那一晚之前。

那一晚，在聚華樓裡，他和韓赤葉依舊按照遊戲規則，談笑風生間含沙射影，他想知道韓赤葉有沒有拿到他派人暗殺的實證，韓赤葉要探聽他究竟有沒有看破安插的眼線。這些事情的答案，卻是要在廢話連篇的對談間尋找一個微小的破綻。

他覺得有趣，和韓赤葉這樣聰明的人待在一起，特別是明明欲置對方於死地，卻又不得不一起刻意製造這種讓人敵我難分的假像，實在是一件很有趣也很能激起鬥志的事情。

然後，有什麼東西落進了他的懷裡。

那雙被醉意熏得迷迷濛濛的眼睛朝自己看了過來，然後他聽見有人喊他的名字。

離塵……

那一刻，他並沒有意識到，一切就要改變了。

腦海裡突然閃過了一個細微的聲音，只是細微得讓他無法捉住。

直到許多年後，他才意識到，那個聲音是在說：也許你以為自己已經足夠冷靜，所有的事都逃不出你的掌控。可是，有些事永遠在計畫之外……

他想起這句話的時候，已經不再是那個能夠呼風喚雨、隻手遮天的「天下王」，而是一個起兵叛亂，就要被車裂於市的「罪臣」。

他記得有人對他說過樣的話。

有時候命運遠比我們以為的還要殘酷。

他還是沒有想起師父的樣子，卻想起了一些其他事情。比如，他師父一夜一夜地對著那個人的畫像發著呆，到後來，落下的眼淚裡總是帶著微微的血紅。而那個人在他師父死去的那天，轉身離開房間的時候，捂住嘴咳了一聲。他看見，鮮血從緊握的手掌蜿蜒進明黃色的衣袖。

傻瓜。

他以袖掩面，唇邊帶著別人看不見的嘲諷。

放下衣袖的時候，昏暗的天牢裡，來了一位訪客。

蒼白得就像鬼一樣，十分令人討厭的訪客。

他討厭這個像鬼一樣的女人，她看起來無所不知的面容讓人十分煩躁，更不要說她憐憫的眼神。

他素來厭惡被人憐憫。

直到他聽見了有聲音和他腦子裡盤旋的話語重疊在一起。

有些事永遠在計畫之外，不能用任何的標準來衡量。不過，要讓你明白這些，恐怕得等你遇到了……

等你遇到了那個人。

他有些恍惚，他覺得自己看見了那個總是穿著紫色衣服、一臉無所不知又蒼白得像鬼一樣的師父，用令人厭惡的眼神看著自己。

你已經遇到了，那你有沒有明白呢？

明白什麼？有什麼值得這樣明白？我什麼都不明白，也不想明白。什麼宿命？什麼註定？我不信這世上會有什麼宿命。我只是來不及跟他說，天下與他，我捨了天下。

君離塵，我來給你機會。

他抬起頭，看見了那個女人，不是他的師父，而是那個蒼白的令人厭惡的女人。

我真羨慕你，如果他可以是屬於……

那個女人對他說，臉上居然有了一絲人氣。

不可以。

他是我的，不論是生是死，生生世世，他都只能是我的。

他溫溫和和地說，就像他還能夠用一句話左右天下的時候，最常用的那種語氣。

只要妳敢。

不論是誰，我都不會放過。只要妳敢。

那個女人看著他，像是被他說服一般，眼神暗淡了下來。

我知道了。

那個女人把手裡的東西放到他的面前。

這一次，不要再遺失了。

玉佩和紅線，早已在糾纏裡，成了死結。

這樣就好，糾纏成生生世世再也解不開的死結。

「唉——」厲秋嘆了口氣。

「怎麼了？」君離塵睜開眼睛，「嘆什麼氣？」

「你看，又纏到一起了，解都解不開。」厲秋抬起頭，讓他看纏成了死結的兩塊玉佩，「我真不明白，為什麼老是變成這樣？明明好好戴在脖子上，一個晚上居然會纏成這個樣子，我的睡相真的……」

看見君離塵促狹的目光，厲秋突然就住了嘴。

「嗯……」厲秋轉過臉，僵硬地說，「你別管了，我解得開。」

他低下頭，正看見厲秋把自己的手指纏進那一團繩和玉的糾結裡。

纏來繞去，成了死結。

最近打這種死結，好像越來越熟練了。

窗外，燦爛的陽光照了進來，他微微瞇起眼睛。

是早晨了。

——番外〈死結〉完

# 南柯奇譚

NAN KE QI TAN

番外 春夏秋冬

身邊的人竊竊私語，盡說些他不懂的語言。縱然眼前漆黑一片，但他感覺得到自己等待的那人不在。

在哪裡？他想開口詢問，卻發不出聲音；他想伸出手，卻動不了手指。

「你聽得到我說話嗎？」忽然有人在他耳邊輕聲詢問，「聽得懂我在說什麼嗎？」

那聲音異常陌生，卻把他的神智從混亂中喚回。他努力收斂心緒，慢慢地點了點頭。

「你身體的狀況很好，不過因為你在地宮的時間太久，我們怕你無法適應光線，所以不得不把你的眼睛遮住。」

他又點了點頭。

因為他意外地鎮定，接下來很久都沒有人說話。

「君先生。」這時，另一個聲音打破了沉默，「初次見面，我是月川紅葉，是韓家的後人。」

韓家？是韓赤葉的後人？那麼現在已經過去多少年了？二十年還是三十年？

他把臉轉向聲音傳來的方向。

「您在地宮中沉睡很久。」似乎是看出了他的疑問，月川紅葉回答他，「到今天為止，已經超過一千年的時間了。」

一千年？

他突然暈眩起來，也不知道從哪裡來的力量，讓他把手抬了起來，尖銳的刺痛從手腳蔓延開來，可是他什麼都抓不到，什麼也沒有……

他一個翻身坐了起來，眼睛自然地往身邊看去。

沒有。

他霎時心慌意亂，跳下床衝出臥室。他沿著走廊一間間打開房門，入目的盡是空蕩蕩的房間。

他越找越心慌，只能不知所措地站在客廳裡。

厲秋打開門就看到這樣的情景，同居的情人光著上半身站在客廳，正直直地盯著自己。

「離塵。」他關上門走了過去，「怎麼不穿衣服就跑出來了，小心著涼。」

君離塵肩膀和胸前那幾處明顯的抓痕，讓他半是擔心半是窘迫地皺起了眉頭。

「懷憂。」君離塵的目光有些恍惚，「你去哪裡了？」

「去買早餐。」厲秋解下圍巾，把早餐放在茶几上，「你穿好衣服就出來吃吧。」

君離塵抓住了他的手腕，把他拖進了自己懷裡。

「怎麼了？」厲秋終於注意到他的異常，「出了什麼事嗎？」

「我夢到……」君離塵長長地呼了一口氣，「不，沒什麼，沒有出什麼事情，什麼事情都沒有。」

厲秋任他抱著，過了一會才笑著問他：「你怎麼了？」

「沒什麼。」君離塵戀戀不捨地放開手，「只是有點想你。」

「我只是去樓下買早餐。」厲秋哭笑不得地推開他。「快去刷牙穿衣服，我上班快要遲到了。」

「不能不去嗎？」君離塵把頭放在他肩上，「一秒看不到你，我都放心不下。」

「總是膩在一起你不厭煩嗎？」厲秋拉著他走回房間。

「和你在一起我怎麼會覺得厭煩？」君離塵緊張起來。「懷憂，難道你覺得我很煩嗎？」

「離塵老爺，你追了我一千多年都沒有嫌麻煩，我又怎麼敢……」厲秋本來想開兩句玩笑，卻被君離塵認真的目光嚇了回去。

「懷憂……」

「離塵，你知道我只是在開玩笑。」厲秋表情嚴肅地對他說，「你不要當真。」

「我知道，我當然知道。」君離塵抱住了他，「不過我是說真的，你把工作辭了吧。」

「這個……」厲秋猶豫地問，「能不能過一陣子再說？」

「我不是覺得委屈，但為什麼呢？」君離塵俊美的臉上寫滿無奈，「你為什麼這麼堅持，那份工作對你來說這麼重要嗎？」

「不是工作的問題，而是……」厲秋說到這裡突然頓了一下。

「是什麼？」君離塵疑惑地問，「為什麼每次說到這件事情你就吞吞吐吐的？」

「為什麼我從來沒有發現你這麼囉嗦？」厲秋把衣服塞進他手裡，「我已經快遲到了，你一個人吃早餐吧。」

說完轉身整理床鋪，不再給君離塵開口的機會。

「有什麼事晚上再說吧。」他回到客廳拿起自己的早餐，「我帶去公司吃，你記得要把自己那份吃完。」

君離塵慢吞吞地穿上睡衣，目光沒有離開過彎腰在玄關穿鞋的厲秋。

「那麼我先走了。」厲秋回頭給了他一個笑容。

「懷憂……」看厲秋微微擰起的眉頭，君離塵最終嘆了口氣，「早點回來，路上小心。」

「阿秋。」

厲秋抬起頭，發現通常都會去參加下午茶聚會的小曹，今天竟然破天荒地留在辦公室裡。

「你知不知道啊？」小曹趴在窗臺上，呆呆地看著外面。

「知道什麼？」他走到小曹身邊，打開櫃子找資料。

「樓上那些三姑六婆真討厭，我再也不和她們一起吃飯了。」小曹略顯激動地發洩，然後幽幽地嘆了口氣，「他明明一直看著這裡啊。」

厲秋心中一動，轉頭往窗外看了過去。

不遠的街角，有一個穿黑色皮衣的高大男人站在那裡，墨鏡非但遮不住那俊美出眾的五官，反而令他的存在感更加強烈。

果然是他。

「真是的……」明知道自己引人注意，偏偏還要站在人來人往的大街上。

「呀。」小曹捧著臉叫了一聲，「他笑了。」

「是啊。」厲秋的嘴角跟著泛出淡淡的笑意，目光變得柔和起來。

「你看到了對不對？」小曹驚喜地尋求贊同，「他對著我笑呢。」

「這……」厲秋不能否認，現在小曹臉上的笑容確實比任何時候都要刺眼，「不過是一個陌生的男人，管他對誰笑啊。」

說完他轉身朝向櫃子，看似專心地整理起檔案。

「阿秋。」小曹站了起來，還拍了拍他的肩膀，「我知道你剛剛失戀，可是你也不能因此產生怨恨和絕望啊。」

看著小曹一臉憐憫，厲秋不由得有些啼笑皆非：「我哪裡絕望……」

「我們當了這麼多年同事，你不用在我面前強顏歡笑。」小曹用「你不說我也懂」的沉痛表情勸解他，「看開一點，過去的就讓它過去吧。像你這麼優秀的男人，難道會找不到比韓小姐更好的對象嗎？」

「原來是妳告訴她們的……」厲秋無奈地對她說，「不是妳想的那樣。」

「不用感謝我。」小曹一邊笑一邊拍打他。「我們當了這麼多年同事，我當然要好好關照你啦。」

「我不是那個意思。」厲秋皺了下眉，「現在從櫃檯小姐到打掃阿姨，這棟樓裡的每一個人都已經知道我失戀了，這真的讓我很困擾。」

就說那些熱情的三姑六婆最近為什麼忽然把他當成目標，原來就是這個長舌的小曹捕風捉影，到處大肆宣傳。

「難道說你已經找到新的對象了？」小曹吃驚地捂住嘴，「真看不出來你是這樣的人。」

「不要胡說，根本不是……」他反省了一下，為什麼自己身邊都是一些喜歡斷章取義的傢伙。

「那到底是怎麼樣，你說清楚啊。」小曹搖了搖頭，「阿秋你什麼都好，就是有什麼想法都不願意說這一點，最讓人受不了了。」

厲秋聞言為之一愣。

「阿秋阿秋啊啊啊——」忽然有人衝了進來，動作粗魯猛烈，幾乎撞碎了整面玻璃門。

「妳又怎麼了？」厲秋這才真的頭痛起來，「何大小姐，妳就不能讓我過兩天平靜的日子嗎？」

「你以為我願意啊。」何曼撲過來一把拉住他，「阿秋，這次你一定要救我。」

「大姐不是答應不再逼妳相親了嗎？」厲秋忙不迭地甩開她。「妳還纏著我幹什麼？」

「何小姐啊，」一旁的小曹搖著頭把手搭在厲秋肩膀上，「妳總是這樣也不好吧。阿秋現在已經有女朋友了，不方便再跟妳糾纏。」

「這次……這次是……」何曼臉色發青，連話都說不完整，「有個變態……」

「變態？」據厲秋所知，這個詞鮮少會出現在何大小姐的字典裡，「妳這樣說我大姐她們好像不太好吧。」

「我才不是說春夏冬！」何曼快哭出來了，「他是個男的，是個男的變態！」

「妳說清楚，到底出什麼事了？」她奇怪的表現讓厲秋有種不好的預感，「妳到底惹了什麼麻煩？」

「還不是為了……啊，再說就來不及了。」何曼突然暴走，一把抓住他的衣領，「你今天要是不幫我這個忙，我晚上十二點就準時穿著紅裙在你家門口上吊，不信你就試試看。」

「我沒說不信。」何曼居然敢對他如此暴力，看來事情確實有蹊蹺，「不過能不能麻煩妳先放開我，然後告訴我要幫什麼忙好嗎？」

「那你答應我了？」何曼臉上滿是慌張。「只要你跟我過去，告訴他你是我老公就可以了。」

「妳說……」

「妳說什麼？」厲秋還沒反應過來，一個冰冷的聲音就從門口傳了進來。

厲秋心裡叫了一聲「糟糕」，都怪何曼沒頭沒腦地衝進來發瘋，害自己忘了君離塵還在外面。他對何曼印象不太好，現在又看見自己和她糾纏不清，心裡一定已經火冒三丈了。

「離塵。」厲秋和顏悅色地想要解釋，「你別誤會，何曼她只是……」

「我不誤會，可是她為什麼還不放手？」

在小曹看來，剛才還站在窗外、風度翩翩的絕世大帥哥，此刻面帶微笑地走了進來，目標似乎是阿秋和那個怪怪的何小姐。

她纖細敏銳的神經立刻被調動起來，直覺其中大有文章，阿秋和帥哥認識，可是他剛才怎麼沒有提起，再聽他現在說的話，難道……

「阿秋，你跟何小姐在交往嗎？」小曹指著厲秋的手指又轉向帥哥，「他是何小姐的男朋友嗎？」

原來事情是這樣啊，阿秋陷入了女方腳踏兩條船的三角戀愛之中。這麼說起來，失戀的原因也有可能是阿秋先移情別戀。真是看不出來，阿秋竟然是那種不負責任的男人。

「拜託妳別亂編故事，怪不得我今天眼皮一直在跳。」厲秋嘆了口氣，「何曼，妳躲什麼？」

何曼一聽見君離塵的聲音，立刻用超越人類的速度施展移形換位，瞬間就移到了厲秋的背後，牢牢抓著他當成自己的擋箭牌。現在聽到厲秋這麼問，她心裡忿忿然罵了起來。君離塵那麼不好惹，不躲起來才是白痴好不好。

「何小姐。」君離塵繞過櫃檯走了進來。「妳答應過我什麼，請問還記得嗎？」

厲秋沒聽說過有這種私下交易，轉過頭看著她。

「那個，其實我是……」何曼當然想馬上逃跑，但一想到那個變態又不甘心。

「我知道妳武功高絕。」君離塵淺笑著在厲秋面前站定。「但只要妳不會殺我，那於我也就沒什麼威脅了。」

「不知道你在說什麼。」何曼從厲秋身後探出頭來，看到君離塵和善的笑臉只覺得渾身發冷。她身為優秀武術家的直覺再一次告訴自己，和表面惡劣但總會縱容自己的厲秋不同，君離塵絕對是個談笑間讓對手灰飛煙滅的陰險人物。

「武功?拍古裝片嗎?」狀況外的小曹喃喃地問道。

「離塵，何曼得罪你了嗎?」厲秋甩開趴在自己背上的何曼，拉起君離塵的衣袖。「你知道何曼有口無心，別和她計較了。何曼，妳說話啊。」

說個鬼!

「是我沒分寸，你就別和我計較了……」何大小姐忍氣吞聲地低著頭裝可憐。

「你啊。」君離塵嘆了口氣，「真的不知道我為什麼要生氣?」

「你不生氣就好。」厲秋轉過頭對何曼說，「何曼，妳去找別人幫忙吧。」

「只是假裝，就假裝一下。」何曼不死心地比劃著，「就一下下，好不好?」

厲秋猶豫了一下，正想問她出了什麼事情。

「不行。」君離塵反手抓住厲秋的手腕，把他扯進自己的懷裡，「他是我的。」

小曹正興致勃勃地看著戲，猛地聽到了這樣驚人的宣言，下巴立刻掉到了地上。

「誰不知道他是你的？」何曼恨恨地磨牙，「我又不是要把他搶走，借來用一下會死啊。」

厲秋正準備開口緩和一下氣氛，忽然感覺君離塵環抱著自己的雙臂收緊。他愣了一下抬起頭，看到君離塵繃緊的下顎和緊抿的嘴唇。

「何曼。」他再沒有猶豫，「看來我幫不上忙了，妳去找別人吧。」

話一說完，他明顯感覺到君離塵鬆了口氣。

「妳聽到了。」君離塵有些得意地對何曼說，「他不答應，妳可以走了。」

「阿秋……」

「好熱鬧啊，君先生你也在啊。」正好有個不怕死的走了進來，「我正好過來這邊，順便來看看……啊，你們忙，我還有事要先走了。」

等他看清情況之後，臉色一變轉身就走，甚至還用了輕功。只可惜，他遇到的不是別人，而是他這一生中最害怕的剋星。

「魚啊！」何曼用一種詭異的行進路線繞過厲秋和君離塵，在他把門拉開的前一刻成功地撲到了他的身上。

「大師姐。」舒煜趴在玻璃上咬牙切齒地說，「好久……不見。」

「魚啊，我好害怕。」何曼趴在他背上，楚楚可憐地哭了起來。

舒煜從來沒有見過她這個樣子，頓時又驚又怕，整個人僵硬得像一尊石像。

「大、大師姐？」他結結巴巴地說，「拜託妳別這樣，我、我也很、很害怕……」

「我被變態追殺，阿秋居然不幫我，離塵帥哥又威脅我。」何曼從包包裡拿出鏡子，擦了擦眼淚順便補了妝，「我是這世上最苦命的女人。」

「大師姐還是這麼愛開玩笑。」舒煜乾笑了兩聲。

「開玩笑？」何曼臉色一變，「你哪隻眼睛看到我在開玩笑了？」

「啊？」舒煜沒想到她說翻臉就翻臉，頓時被嚇得呆住了。

「鯉魚，我以前待你如何？」何曼放柔了表情。

「那個……」舒煜被她一瞪，喪氣地垂下頭。「大師姐待我有如再生父母，妳對我的大恩大德我就算……」

「我不需要你為我赴湯蹈火。」何曼用手指勾住他的下巴，把他的頭抬了起來，「只要你幫我一個很小的忙就可以了。」

「什麼忙？」舒煜慌張起來。

「雖然你沒有阿秋機靈，不過勝在身手不錯，他只有一個人，打起來我們未必會輸。」何曼盤算了一陣，最後打了個響指。「就這麼說定了。」

「說定什麼？」舒煜心裡不好的預感越來越強烈，「什麼說定了？大師姐妳不能這樣……」

「小煜煜，從現在開始，你就是我的老公了。」何曼幫他整理了一下衣領，拍了拍他的頭。「所以要乖乖聽我的話喔。」

「什麼老、老、老老……」可憐的舒煜像布袋一樣被拖了出去，微弱的求救聲跟著越來越遠。

「何曼那種性格難得有人願意遷就，舒醫生的脾氣真好。」厲秋感嘆完之後，才發現自己仍然被君離塵摟在懷裡，對面的小曹還張著嘴發呆。

他輕輕地咳了幾聲，扯了一下君離塵的袖子，示意他放開自己。君離塵皺了皺眉，心不甘情不願地鬆開了手。

「小曹……」

「我去買點東西，你們自便……」小曹似乎是備受打擊，低著頭走了出去。

看來下班之前，整棟樓裡就會無人不知無人不曉了。厲秋嘆了口氣，轉過身看著仍然用力握住自己手掌的君離塵。

「懷憂。」君離塵撫上了他的臉頰。

「快到下班時間了，你等我一下好嗎？」厲秋拉下了他的手，「我們一起回去。」

「沒有打招呼就跑過來，因為我……」

「現在這整棟樓都是你的，為什麼要打招呼。」厲秋笑著在抽屜裡翻找檔案。

君離塵閉上嘴看著他，整個辦公室裡除了紙張翻動的聲音再沒有其他聲響。

「懷憂，你在生我的氣嗎？」過了好一會，君離塵低聲的詢問才傳進厲秋耳中。

厲秋停下了手裡的動作。

「對不起，讓你這麼為難。」君離塵也只有對面前的這個人，才會表現出軟弱姿態，「我向你道歉，我不該進來的。」

「不是因為這個。」厲秋用力抓住手裡的檔案，有些心浮氣躁地說，「離塵，我……」

話到了嘴邊，他卻不知道該怎麼說出來。

「你說啊。」

「離塵，我一直沒有問過你。」他低下了頭，「這裡的生活，你過得還習慣嗎？」

這裡，並不是指地點，而是時間。

偶爾談論起過去的時候，他看到那種飛揚的神采和明亮的目光，總是覺得有些遺憾。君離塵曾經是那樣尊貴不凡的人物，忽然就變成了毫不起眼的芸芸眾生，這樣的生活，他能夠習慣嗎？

每每想到這些，他心裡的焦慮就會加重幾分，久而久之，幾乎壓得他喘不過氣。

「為什麼這麼問？」君離塵平穩的聲音從身後傳來。

「我們有時候總是感情用事，一時衝動就不惜一切，但是生活總會磨滅一些東西。」窗外的陽光有些刺眼，他慢慢地閉上眼睛，「我知道我這麼想你會覺得很愚蠢，但是我一直害怕有一天你會覺得後悔，你會覺得……不值得。」

「今天早上我醒過來的時候沒有看到你，我也害怕。」君離塵站在他的身邊，專注地看著他柔和的側臉，「你對我會不會只是內疚？我對你的感情是不是一種沉重的負擔？如果你有一天覺得厭煩而離開我，那我又該怎麼辦？」

「離塵？你……」厲秋轉過身，一時間說不出話來。「你怎麼會這麼想？」

「因為我一直在你的身後追趕你，看不到你臉上的表情。」君離塵笑得有些勉強，「我常常會想，若是真的能時時刻刻知道你在想什麼，那該有多好？」

阿秋你什麼都好，就是有什麼想法都不願意說這一點，最讓人受不了。

小曹剛剛說過的話，冷不防地跳進厲秋的心裡。

難道就是因為沒有說清楚才有隔閡？可是該怎麼說？該說什麼呢？經過了這麼多年，經過了生離死別，那些話還需要說出口嗎？至於那些煩惱的事，既然說了也不會有太大的幫助，那我來煩惱就好，何必兩個人一起……

「雖然你答應過我，不會再留下我一個人。」君離塵往後退了一步，目光看向遠處，「雖然那些記憶直到今天都不曾消逝褪色，但是明天……」

「不會。」厲秋慢慢搖頭，「我永遠不會忘記。」

「我告訴自己不要太貪心，只要能把你永遠留在我身邊就可以了，可是你知道的，我一直都是一個很貪心的人。」君離塵把手握緊成拳，強迫自己不要走過去抱住他。「我要的不只是記得，我要你把心給我，眼裡只有我一個人，就像我只看得到你一樣。」

「我……」厲秋心裡焦急，一時不知道該怎麼和他說清楚。

看到他驚慌失措的樣子，君離塵目光慢慢黯淡下來，微不可聞地嘆了口氣。

「我不該說這些的，我只是有些胡思亂想，你不要放在心上。」君離塵轉過身，「我在外面等你。」

「離塵……」

君離塵聽到他的聲音，雖說腳步遲疑卻沒有停下。

「離塵！」

君離塵已經繞過櫃檯，走到了玻璃門前。

「君離塵，你給我站住。」

君離塵被他的叫喊聲嚇了一跳，直覺地停下了開門的動作。

「真是的……」背後傳來了厲秋淺淺的笑聲。

君離塵轉過身，發現厲秋真的在笑。

「我們在做什麼啊？」厲秋扶著額頭，「竟然因為這些問題煩惱，也太傻了吧。」

「懷憂。」君離塵看他這樣，不禁擔心起來，急急忙忙走了回來，「你沒事吧？」

「我沒事。」厲秋主動拉起他的手，「只是我才知道，原來你和我一樣是個傻瓜。」

君離塵不解地看著他。

「離塵，是我不好。」厲秋把他的手貼到臉頰上，「我最近有一些心煩的事情，因為怕你跟著煩惱所以沒說，是我的錯。」

君離塵正要開口，就看到他對自己搖了搖頭。

「我的父母去世得很早，因為我是家裡唯一的男孩子，從小就要求自己堅持忍耐，不要讓別人為我操心。我很少把心裡的想法告訴別人，我覺得那會讓自己變得軟弱。」厲秋垂下眼睫，「什麼都不說真的是個很不好的習慣，可是我已經這樣許多年了，所以一時半刻也沒辦法徹底改掉。」

「懷憂……」

「我們都從來沒有愛過別人，所以不知道該怎麼做才會更好。」厲秋嘴角帶著笑容，「因為太過小心翼翼，所以才會如此辛苦。」

「你……」

「明明愛了那麼久，卻還青澀得像年輕人一樣。」厲秋嘆了口氣，然後抬起頭看著君離塵，「不過真要說起來，我們也真的是剛剛開始學著把對方當成愛人。」

因為相聚太不容易，所以大家都過於小心，沒有人願意冒著失去對方的風險。明明想要更加靠近，卻因為太害怕失去對方而離得更遠。

不安、煩惱、焦慮、患得患失地唯恐失去對方，哪怕事自信狂傲如君離塵，哪怕自以為面面俱到如厲秋，也變成了兩個傻瓜。他們竟然為了這麼簡單的煩惱而困擾著。

「懷憂，其實我並不是那麼在意……」他忽然轉變的態度讓君離塵有些莫名。

「不要那麼想，離塵。」厲秋搖頭，「我對你的感情絕對不是歉疚或是感動，我不覺得自己會因為這樣而做到這種地步。」

「懷憂……」

「要站在街上喊我愛你或捧著玫瑰求婚，這對我來說可能有點困難。」厲秋側過頭看了看窗外川流不息的人群，「不過要是能讓你不再有那種想法，我會努力的。」

君離塵愣愣地看著他。

「一直以來都是你在為我付出，為了我而失去了一切，那確實讓我產生了巨大的壓力跟恐懼。因為表面上看來是你愛我愛得更深，但實際上我才是依附著你、依靠著你才能生存下去的那個人。」厲秋的目光黯然下來，但這一次他沒有轉身掩飾，「雖然我知道不論多麼深的愛情總會有逝去的一天，可是我希望你能答應我，就算有那麼一天，也不要懷疑我有沒有愛過你。」

陽光透過樹木，斑斑駁駁地投映到窗戶上。

「你啊。」因為陽光或其他原因，君離塵的眼睛彷彿充滿著溫暖的笑意，「你總是愛說一些傻話，讓我心裡又酸又痛，真不知該拿你怎麼辦才好。」

他把厲秋摟進懷裡，沒有太用力，卻像是要把兩個人緊緊融合在一起一般。

「能遇到你，真是太好了。能和你在一起，真的是太好了。」他把頭埋在厲秋的頸邊，「感謝上天……」

厲秋只覺得心裡有些酸楚，卻又帶著一絲抽痛，君離塵托高他的下顎，尋覓到了他的嘴唇，兩人相濡以沫，忘情地擁吻起來。

「三哥。」

雖然吻得渾然忘我，但聽到這個耳熟的聲音，厲秋立刻推開了君離塵。

「厲冬？」看清楚是誰之後，他有些窘迫地問，「妳怎麼會來這裡？」

「你的電話打不通。」門邊的少女扶了扶鼻梁上的眼鏡，用一種異常平靜的語氣回答，「我去圖書館順路經過，大姐讓我告訴你，叫你週末回家吃飯。」

「啊，是沒電了。」厲秋看了一眼身邊的君離塵，輕聲地說，「離塵，這是我最小的妹妹，厲冬。」

「嗯……」君離塵不感興趣地瞟了一眼，對好事被打斷不太滿意，對分走了愛人注意力的人更不滿意。

「好的。」厲冬依舊保持著面無表情，朝他們點了下頭。「我說完了，請繼續。」

見她轉身要走，厲秋三兩步追了過去，在她走出大門之前拉住了她。

「厲冬，那個……」攔是攔住了，但他一時之間也想不出要說什麼才好。

厲冬抬頭看著他，在別人看來她依然是面無表情，但和她認識了二十幾年的厲秋卻在她臉上看出了一絲不贊同的神情。

「我不會說。」厲冬側頭看了一眼站在櫃檯裡面，片刻之前還和自己的哥哥吻得難解難分的男人。「可是大姐遲早會知道。」

「我會親自跟大姐說的。」厲秋的心情有些沉重。

「你是家裡唯一的男生。」厲冬一針見血地說，「大姐那麼古板，不可能贊成這種事的。」

「我知道，但是……」他嘆了口氣，「厲冬，他對我來說……」

「你想清楚了再去跟大姐說。」厲冬提醒他，「不過你最好要有心理準備，事情不會那麼容易解決。」

「不論怎麼說，我是絕對不會讓步的。」他咬了咬牙，語氣異常堅定，「只有這件事，不論大姐怎麼反對，我也不會讓步。」

向來脾氣溫順的哥哥突然變得如此，簡直出乎厲冬的意料。她愣了一下，忍不住仔仔細細地又看了看那個可能是罪魁禍首的男人。

「懷憂。」君離塵已經走到厲秋身後，伸手扶住了他的肩膀。「怎麼了？」

厲冬和他銳利的目光一觸，微微地皺了下眉頭。

這個男人不簡單。

「我走了。」她低著頭想了一會，然後對厲秋說，「記得週末回去吃飯。」

厲秋點了點頭，幫她拉開門讓她走了出去。

「懷憂，到底怎麼回事？」君離塵隱隱看出了問題，臉色忍不住陰沉起來。

厲秋靠在玻璃門上，倒是對他一笑。

「不用擔心，反正我早就已經想清楚了，這是遲早都要面對的事情。」厲秋歪著頭，表情看上去很輕鬆，「我大姐雖然性格固執，但也不是不講道理的人，就算生氣也應該不會太久。」

「那會讓你很為難嗎？」

「我之前一直在為這件事心煩，但現在我已經不再那麼想了。」厲秋拉住他的手。「不論結果如何，我都不會辜負命運，既然它把我送到你的身邊，我就有責任一輩子讓你照顧著，不是嗎？」

君離塵沒有說話，只是用深邃的眼睛看著他。

「冬菇？」何曼正坐在大樓對面的奶茶店裡，不經意看見從大樓裡走出來的冷漠少女。

「什麼？」她對面緊張的舒煜立刻朝外張望，「誰來了？」

「阿秋家的怪胎。」何曼沒好氣地回答，「整天飄來飄去的，像鬼一樣的那個。」

「喔。」舒煜忽然一愣，「她從裡面出來，那君先生不是還在……」

「阿秋的奸情已經被發現了。」何曼驚呼一聲，「她們這麼快就出手了嗎？」

「什麼意思？」

「當怪物軍團遇到魔王……」何曼認真地說，「勝負很難預料。」

「大師姐，妳正經一點。」舒煜嘆了口氣，「難道妳不擔心嗎？」

「我擔心有什麼用？他們家除了阿秋以外，一個個都是變態。」何曼說這句話的時候還東張西望了一下，「別說大師姐沒有照顧你，萬一遇到了他們家的女人，能躲多遠就躲多遠。不然的話，連自己是怎麼死的都不知道。」

「真的嗎？」能讓何曼聞之色變的人這世上可不多，這讓舒煜有點擔心起來，「到底可怕在哪裡？」

「厲春，心狠手辣卻長著一張騙人的臉，演技天下無敵；厲夏，為了錢命都可以不要，是個對錢有謎之執著的瘋子；冬菇，一天到晚飄來飄去，總是把人嚇出心臟病。總之，她們一家都很恐怖。」

「那君先生的事情……」

「你放心，頂多損失點錢財，受一點驚嚇，只要滿足了那群變態的惡毒趣味，他們遲早沒事的。」

「萬一……」

「阿秋根本不知道她們的真面目。」一說到厲家姐妹，何曼七竅生煙地跳了起來。「小氣又記仇，最喜歡斤斤計較，八百年前的事情會記一輩子，找到機會就要報仇，她們簡直就是人類之中的害蟲。」

「大師姐，注意形象。」舒煜連忙把她拖回椅子上。

「你真的以為厲家的女人什麼都不知道？她們搞不好早就計畫好了一切，就等著那兩個傻瓜自己跳進陷阱。按照厲春的惡俗品味，計畫的名字可能是『帥哥的愛情大考驗』之類的。」何曼焦躁地扯著自己的頭髮。「阿秋那個笨蛋，他完全是活該，現在最倒楣、最糟糕的人是我，你應該要擔心我。」

舒煜才剛想開口，卻被人搶先一步。

「雖然我相信妳沒有頭髮一樣會美麗動人，但總是少了幾分風情萬種。」一個男人的聲音突兀地插了進來，「還是留著頭髮比較好。」

舒煜清楚地看到何曼在一瞬間進入了警戒狀態，他心裡也是暗暗吃驚。要知道，以他和何曼兩個人的實力，居然會被人侵入到戒備範圍而毫無察覺，這幾乎是難以想像的。

「喲。」何曼的臉明顯抽搐了兩下，「你終於來了。」

「真抱歉，我遲到了。」站在桌邊的男人戴著一副金框眼鏡，有著一張斯文清秀又讓人很有好感的臉。

「哈哈哈。」何曼僵硬地笑完。「沒關係，反正我家親愛的陪著我，我一點都不會覺得無聊。」

親愛的……聽到這個稱呼，舒煜只覺得胃裡一陣翻攪，差點當場就吐了出來。

「親愛的？」男人顯然也很吃驚。「我以為何小姐還是單身，才會來要求兌現當年……」

「就是這樣。」何曼打斷他，然後整個人貼在僵直的舒煜身上，「這是我的先生，他叫舒煜。舒是『坦然心神舒』的舒，煜是『煜煜上層峰』的煜。」

舒煜被她用手抱著，感覺就像被一條五彩巨蟒纏在身上，根本無法高與自己的名字被解釋得這麼文雅。

「幸會。」男人臉上還帶著驚訝，卻笑容滿面地朝舒煜伸出右手，「我姓木，叫木千休。」

明明對方看起來無害又友好，偏偏有一股惡寒從舒煜的脊椎升了起來，讓他硬生生打了一個寒顫。

——番外〈春夏秋冬〉完

# 南柯奇譚

NAN KE QI TAN

## 番外 良宵

黑夜有多漫長？

也許這世上再沒有其他人，有如他一樣深刻的體會。

躺在屬於自己的墳墓裡度過千年時光，也許聽起來只不過是睡了一覺。

但事實上，在有人進入地宮之前，他就已經醒了。

神智慢慢清醒過來，身體卻無法動彈。

也許並不是太久，但說實話，卻是他有生以來最難熬的時光。

剛清醒的時候，他覺得所謂「離恨天香」不過是一場騙局，自己被小皇帝活著封入棺槨，心中充滿了絕望與恨意。

但慢慢地，這都不重要了，心志堅定如他，幾乎被無法睜開眼睛、無法移動手指的感覺逼瘋。直到隨著時間過去，他並沒有感覺到飢餓或乾渴，一切就開始有了另一種解釋。

離恨天香是有效的，他也許能夠……不，他一定能夠再見到懷憂。

這是他心中最大的執念，而這份執念幾乎超越了所有恐懼與憤恨，讓他在寂靜的黑暗中堅持了下來。

後來，他終於等到有人走進地宮。

「在看什麼？」有人自身後拿走了他手裡的酒杯，讓他收回看向窗外的視線。

他拉著對方坐進沙發，兩個人親密地依偎在一處。

「很難受嗎？」他注意到對方有些僵硬，「抱歉，我剛才……」

「沒事。」厲秋連忙打斷他。

「讓我看看。」他不太放心，想要解開對方的睡衣，「是不是傷到了？」

「我沒那麼嬌弱，就是……」厲秋漲紅了臉，拉緊領口說，「腰有些痠痛，明天就會好了。」

「我有些忘形了，不過你不該對我說那些話，那讓我……」

「你最近睡得很少。」厲秋不想繼續談論這個話題，連忙打斷他。「是不是有什麼心事？」

「不，我已經睡太久了。」他把人摟得更緊了一些。「我現在更喜歡醒著的感覺。」

「是不是我姐姐讓你覺得難堪了？」厲秋抬起頭看著他。「她們只是不瞭解你，所以為我擔心。」

「不是的，你不要亂想。」他笑了。「我知道她們沒有惡意，我會好好和她們相處的。」

「那你就是有事情瞞著我。」厲秋和他四目相對。

「真的沒什麼。」

厲秋好一會都沒有說話，君離塵低頭吻了吻他的眼睛。

「離塵，其實……」厲秋的語氣猶豫，「我一直想要知道，你在……在那個地方的時候，你……你是睡著的，對嗎？就是、就是睡著……你知道的……算了，我們不說這個了。」

說到後來，他已經結結巴巴。

他一直不敢問，哪怕君離塵被困在地宮裡那常人無法想像的漫長歲月，是他心中無法拔除的尖刺。

他想要知道，但又害怕知道。

「沒什麼。」君離塵輕描淡寫地說，「就是睡了一覺。」

「真的嗎？」厲秋盯著他尋求確認。

「嗯。」他彎了下嘴角，「一切都過去了。」

絕望也好，憤怒也罷，一切都過去了。

厲秋長長地呼了一口氣，放軟身體，任由自己陷入了他的懷抱之中。

窗外是城市璀璨的燈火，在黑暗中綿延有如星河。

「我以前其實是個無神論者。」厲秋喃喃地說道，「但是我們所經歷的一切，沒辦法用常理解釋，讓我覺得冥冥之中，存在著主宰命運的力量，就像……」

「就像是被安排好的？」

厲秋點了點頭。

「也許是天意成全吧。」君離塵把臉埋在他頸側。「還能夠和你相遇，對我來說，不論怎樣都是值得的。」

兩個人又漫無目的地說了一會，厲秋漸漸地睡了過去，君離塵換了個姿勢，讓他能靠得更加舒服。

他把目光落在厲秋的後頸，紅色的絲線在白皙的皮膚上極為醒目。

那些「冥冥之中的力量」將他從地宮深處帶了出來。

他雖然聽不太懂那些人交談的內容，但這不妨礙他將一些談話記了下來，也不妨礙他暗中提防參與其中的韓家後人。

可惜彼時他處於弱勢，只能順勢裝作毫不知情，等到有自保能力之後再做打算。甦醒之後，他找到了自己藏匿起來的財物，讓他擁有了探究真相的資本。

但就在他覺得自己已經觸及了某些隱祕之事的時候，藤原駿出現了。

不論那些是什麼人，他們都不簡單。他當然知道藤原駿有問題，但是對著那張臉，他幾乎立刻生出了放棄追究的想法，如果不是後來發生的那些事……他用手指拿起那塊玉，仔細摩挲著上面的紋路。

事後回想，厲秋出現的時機和方式都非常巧妙，這背後未必毫無原因。但那已經不重要了，不論那些在暗處四伏的力量有什麼目的，他都不想再深究了。

他現在已經有了厲秋，不能再往更深處追查，他冒不起任何風險。

懷裡的厲秋動了一下，把君離塵從沉思中驚醒。

他起身想把人抱到臥室裡，卻把對方弄醒了。

「我睡著了啊。」厲秋迷迷糊糊地朝他一笑。

「很晚了，我抱你到床上睡。」

厲秋卻攬住他的腰，把他拖回沙發上。

「不，我想陪著你。」他蹭了蹭自己的愛人。「雖然我可能會睡著，不過我還是會在離你很近的地方。」

「你不用……」

「不只是為了你，也是為了我自己。」厲秋半閉著眼睛，露出愜意的笑容。「我喜歡這樣和你在一起。」

他們兩個都不是那種喜歡時時刻刻表露內心的人，又共同經歷了那麼多事，早就有了不需言語的默契。他能隱約察覺君離塵有心事，但如果君離塵不願意說，就一定有不能說的理由。

「說得好聽。」君離塵撇了下嘴。「就是不肯把工作辭了。」

厲秋有些心虛地笑了一下。

夜色更深，窗外飄起了細碎的雪花，萬物陷入寂靜之中。

「如果你覺得我出去工作不好，那我就辭職。」厲秋輕聲地說，「那樣的話，我就有更多時間陪你了。」

「你知道我不會強迫你做任何事。」他用臉頰貼著厲秋的頭頂，「我只是借機抱怨，為自己多占點便宜罷了。」

厲秋想要起身，卻被整個人壓到沙發上。

「你好些了嗎？」溫熱的指尖探入睡衣下襬，摸索著他的腰際。

「沒有。」他慌忙按住了那隻手。「很晚了，我要睡了。」

「說起來，我們之前在聊的事情還沒有結果。」君離塵俯下身，把臉湊到他的面前，露出了委屈的神情。「你白天去上班就算了，為什麼晚上也要和他們出去？」

「你知道我剛換了新工作，同事都挺熱情的。」他抿了抿嘴唇。「就是去聚餐，我沒有去唱歌。」

「你還挺委屈的啊。」君離塵咬了一下他的嘴角。「你很去想唱歌嗎？」

「沒有，我並不喜歡。」他往後退了一些，希望能用更莊重的姿勢進行談話。「等過一陣子大家熟了，我就可以拒絕了。」

「那些人沒有需要陪伴的人，但是你有。」君離塵捏了捏他的臉。「而且你不在我的公司裡工作就算了，居然還不准我去接你，為什麼？」

厲秋嘆了口氣：「那只是一間普通的小公司，你別忘了，我的上一份工作就是因為你太高調才辭職的。」

「我可以讓司機把車子停遠一點。」君離塵眼巴巴地看著他。

「我都考慮好了，坐捷運很方便的。」

「那我們可以一起坐捷運回來。」

「真的沒必要，不過幾站的路程，我很快就能到家。」

「我讓你覺得丟人嗎？」君離塵似笑非笑地抬起他的下巴。「不想被人看到你和一個男人在一起？」

「當然不是。」厲秋掙脫未果，無奈地翻了個白眼。「你知不知道你自己有多顯眼，我的女同事們，不，所有的男男女女都會一直盯著你看，然後每個人都跟我打聽你的事情。」

「喔——」君離塵拖長了語調，挑起眉毛。「所以你不讓他們看見我，是因為你在嫉妒嗎？」

厲秋拒絕回答這個問題。

君離塵也不需要他回答。

他吻住了厲秋的唇，靈巧地解開睡衣上的釦子。

雖然明天早上還要上班，一再縱欲一點也不明智，但厲秋只是象徵性地掙扎了一下，也就隨他去了。

縱然歲月曾經如同永夜，只要能夠與君共度，孤獨苦痛都可消解。

一生一世，便足夠了。

——番外〈良宵〉完

高寶書版集團
gobooks.com.tw

**BL033**

**南柯奇譚之長夢君歸**

作　　者　墨　竹
繪　　者　Beni
編　　輯　任芸慧
校　　對　任芸慧
美術編輯　林鈞儀
排　　版　彭立瑋
企　　劃　方慧娟

發 行 人　朱凱蕾
出　　版　英屬維京群島商高寶國際有限公司臺灣分公司
　　　　　Global Group Holdings, Ltd.
地　　址　臺北市內湖區洲子街88號3樓
網　　址　www.gobooks.com.tw
電　　話　(02) 27992788
電　　郵　readers@gobooks.com.tw（讀者服務部）
　　　　　pr@gobooks.com.tw（公關諮詢部）
傳　　真　出版部　(02) 27990909　行銷部 (02) 27993088
郵政劃撥　50404557
戶　　名　三日月書版股份有限公司
發　　行　三日月書版股份有限公司/Printed in Taiwan
初版日期　2020年2月

國家圖書館出版品預行編目(CIP)資料

南柯奇譚 / 墨竹著.-- 初版. -- 臺北市：高寶國際, 2020.02-
　冊；　公分. --

ISBN 978-986-361-771-6(下冊：平裝)

857.7　　108020193

三日月書版

三日月書版

GOBOOKS
& SITAK
GROUP©